⑩ 南海斗恶龙

四海为仙

管平潮 ◎ 著

浙江文艺出版社
Zhejiang Literature & Art Publishing House

目录

第一章　海天如墨，神骑奋入鲸波　001

第二章　月魄云魂，曾照当时明月　013

第三章　剑指沧海，光耀虎狼之师　022

第四章　寻幽辟路，想神人之窟宅　031

第五章　餐霞饮火，看破梦里当年　040

第六章　海日摇波，催来仙阵云盔　051

第七章　运筹帷幄，希冀龙战于野　058

第八章　七星耀目，壮沧海之威神　066

第九章　长鲸跃海，瞰百川之争流　075

第十章　南海浪惊，匹夫亦可无敌	084
第十一章　俏靥如花，美灵气之和柔	097
第十二章　混迹尘中，偶入英雄之眼	103
第十三章　星光结斾，备朱旗以南指	110
第十四章　翼展鳞集，信巨海之可横	117
第十五章　寒来秘境，雪浪若阻征帆	124
第十六章　灵木贞香，看她拈时微笑	132
第十七章　视我草和芥，报之血与火	139

第一章
海天如墨，神骑奋入鲸波

云中君一声警示，小言吃了一惊，忙朝眼前茫茫大海中望去，却只见一片漆黑，什么都看不见。

虽然看不到任何敌踪，但小言对云中君的话确信无疑。回头再望望身后，见沙滩上空空如也，他便有些着急，紧张说道："龙君，我们赶紧去叫人来布防！"

"不必了。"云中君丝毫不紧张，呵呵一笑，说道，"小言，我们只需退到海滩后，看此地伏波洲之主只身御敌。"

说罢，云中君袍袖一拂，从礁岩上飘然而起，掠过平坦的沙滩，飞到后面那片红树林前。小言紧随其后，一起回到洲内，便见沙滩前那片红树林旁，有一人长身而立，面皮白净，颔下三绺长髯，身上一袭布袍，看上去颇像位人到中年的教书先生。

这位书生模样的中年人物，小言傍晚时已经见过，正是此地伏波洲之主，孔涂不武。

孔涂不武见云中君两人从礁岩上回来，忙施了一礼，抚着长髯说道："想必龙君已察觉敌踪了吧？龙君与妖主不用担心，此等趁夜小贼，过不了我伏波洲玄阵神关!"

说罢他双掌一击,小言便见他周身忽然泛起一阵柔和的白光,身上布袍的长袖好像突然长出一大截,随着孔涂不武挥舞的双手飘飘拂拂,在夜空中扭曲成各样奇怪的符纹。

不到片刻工夫,当孔涂不武的布袖忽然在空中凝结,小言便觉得脚下沙地一阵震动,就好像刚刚开启了一道神秘的锁钥,原本漆黑寂静的沙滩上,突然倏一声腾起五道光气,辉辉煌煌,腾腾耀耀,瞬即照亮整个漆黑的夜空。

这些五彩光气大约六丈高,如天边的夜云相互连接缠绕,转眼就氤氲成五道弥漫的光幕,将眼前的沙滩牢牢护住。

乍见到这样的异象,小言忍不住一跺脚,飘起三四丈高,越过身后这片红树林朝远方望去,发现五道光幕如同五条迅疾飞驰的火蛇,转眼就已蔓延到整个沙滩礁岩,将整个伏波洲牢牢抱护在内,就像一条流动着五色花灯的护城河。

出奇的是,这五道巍然耸立的光幕,虽然蔓延时氤氲缤纷,但如果凝神去看,便会发现五道光幕色彩分明,从内到外分别呈赤橙金绿蓝五色。

这时,云中君和孔涂不武的亲卫将领已一齐奔出,在他们左右听令。虽然现在已经发动护洲神阵,但云中君和孔涂不武还是严令全洲将士枕戈以待,以防不测。

两位水族首领吩咐之时,小言名下那两位妖族堂主,也带着几个妖族头领急急奔来,躬身跟他们的教主请教玄灵教部众该如何安排。

直到再次见到坤象、殷铁崖,被白天宏大场面感染得热血沸腾的新任妖主小言,才觉得有些不适应起来。

不过此时大敌当前,推托客气之言不及细说,小言只好硬着头皮,学着身边两位前辈的做派,跟坤象、殷铁崖吩咐一声,让他们约束部曲,在原地警戒待命,随时准备配合水族战士合力御敌。

一番纷纭之后,一阵脚步乱响中众人领命飞奔而去。擦擦额角冷汗,小言正要回头观看情势如何,却又见灵漪儿裙袖飘飘,领着琼容小妹妹一起到来。

"哥——"琼容睁圆惺忪的睡眼,刚跟小言招呼到一半,在场众人就听到远处海面上蓦然响起一阵奇异的呼啸,初时淅沥窸窣,瞬间之后便变得奔腾澎湃,好似夜晚的海洋上突然刮起飓风,掀起一场可怕的海啸。

在动人心魂的海啸声中,众人便见原本腾耀祥和的五彩光幕,突然一阵震动,原本直立圆柔的光幕忽然变形,似有成千成百处突然朝内凹进,与此同时还伴随着一声声咚咚的巨响,就好像正被重木撞击一样。

随着这一声声似乎敲在心底的重击声,那几道里外环绕、几乎一样明亮的绚色光幕,忽然间一阵明灭交替,变得更亮,光华大盛,色彩明灭流动交替之时,犹如透过动荡水波看到的霓虹,直让人目眩神迷。

"就凭这几道光幕,能抵挡住海族的攻击?"

见到眼前这番明灭不定的景象,小言心里忍不住直打鼓,将封神剑握得更紧。

那些闪烁不定的彩光,映照在众人凝重的面孔上,伴随着一阵阵鬼哭神号般的怪啸,显得气氛无比沉重。在这片沉重之中,只有云中君和孔涂不武两人,脸上仍带着从容的笑容,一副胸有成竹的模样。

就在这时,却突然响起一连声凄厉的惨嚎,声音惊天动地,丝毫不比开始那阵狂啸声小多少。

自这一番惨号声之后,洲外海面上那一阵未知的狂啸怒吼声便渐渐小了下去,但那些惨号之声,却自始至终,从无断绝。到了最后,当光幕逐渐黯淡,四渎水族神兵突前守备之时,来自光幕外海面上的呼号声才完全平息,最终如潮水般消退无踪。

在此之后,沙滩上光幕消散,伏波洲军燃起一堆堆照明的篝火。跳跃的火光中,小言看到原本洁净无物的平整沙滩上,已是尸横遍地,横七竖八地躺着无数形状古怪的尸首,看样子都像是海族的怪物。四下零落的断肢中,还有一些软塌塌的触手一样的肢体,它们仿佛并不知道自己的生命已经消逝,还在尸堆中一跳一跳,似乎想蹦回到大海中去。

口鼻中闻着一阵阵涌来的浓重血腥气,再看着这些散落四处的断肢残臂,小言忽觉得刚才那五道颜色迥异的光幕,就好像五道锋利的绞链铡刀,将这些趁他们立足未稳前来攻击的海怪一起绞杀。

见战事已毕,海外再无强敌来攻,云中君双手一拍,大海中顿时涌起数丈波涛,一齐涌上沙滩,奔涌洄流,将这些腥味熏鼻的尸首卷入海中。风浪退去,原本凌乱不堪的沙滩上已经干干净净,仿佛刚才什么都没发生一样。

见敌踪已杳,云中君满面微笑,回头对孔涂不武说道:"孔涂洲主,多谢你这五狱御神关!"

"哪里哪里,龙君太客气了。"孔涂不武连声逊谢。

顿了顿,孔涂不武叹息一声:"唉,若不是孟章小儿常年借征讨鬼方之名,横行南海水族,欺压胁持我伏波洲洲民,老夫也不会花数年时间,设下这有干天和的御神之阵。"

听他们这一番对答,小言才知道刚才这五道抵挡住海上迅猛攻击的光幕,原来叫五狱御神关,乃是金木水火土五行之阵。听云中君口气,孔涂不武精研法阵,早已在全洲边缘布下御神阵法。这阵法中,他又有独创之处,按着五行生克之理,五道光幕之间相互支援维护,将五行法阵的攻击防护发挥到最大效力。

另外,从云中君的口中,小言得知这一晚伏波洲法阵抵挡住的攻击,只是附近洲中小规模的骚扰。

云中君告诉小言,这一次他们兵发伏波洲,行踪极为隐秘,一路上南海布下的斥候已全部被清除。只不过附近孟章辖下的几个洲发现情势不对,想趁他们立足不稳进行攻击。

只是他们没想到,伏波洲之主的本事并不低微,这些洲的海怪水族不仅没能将"叛党"趁势剿灭,反倒差点全军覆没。

只不过,即便靠着经营数年的法阵挡过第一波攻击,一场残酷的近身血战仍无法避免。

真正的大战,在第二天早上旭日初升时即已到来。

南海祖龙治下的南海龙域,并没给对手太多时间。

当第一缕金色的阳光照亮万里波涛时,南海各族的武士便已成群结队,从海平线上汹涌而至,大军黑压压如乌云压水,直朝伏波洲压迫而来。原本方圆不小的伏波洲,在这样铺天盖地有如黑云罩顶的大军面前,就像汪洋中一叶单薄小舟,很可能下一刻便舟覆人亡。

在这样庞大的对手面前,昨晚谈笑风生的四渎老龙君也不敢有丝毫懈怠。随着他一阵发号施令,一支支矫健的水族战队次第奔出,或从水中潜入,或从海上奔赴,赶在南海大军逼近之前,在风波诡谲的海面上跟他们展开生死搏斗。

当双方神怪两相接触之时,本就风高浪急的南海大洋,立时像煮沸的开水一样沸腾起来。各样形状的水灵海怪,捷鳍掉尾,振鳞奋翼,挥舞着寒光闪烁的兵刃,狂呼怒啸着奔向对方,转眼间便纠缠厮杀在一处。震天动地的厮杀声中,各种光华闪烁的法术遍处开花,到处都是临死前的惨叫和惨痛的呼号。

这样纠缠百里的大厮杀,大约持续了半个时辰。这时从南海战阵后方飞起千百条黑色的蛟龙，张牙舞爪，朝伏波洲凶猛扑来。

当这些气势汹汹的海族强者出现在云天上，伏波洲这边也应声升起数百条青色的螭龙，鳞爪飞扬，朝旗鼓相当的敌手奋勇扑去。

万里云空上千百条蛟螭怒吼互斗时，真个是"千乘雷动，万骑龙驱，光炎烛天庭，嚣声震海浦"，四海内实力相近的两大水族，一时战得难解难分。

在这样的大战之中，小言和那些玄灵妖族，却被云中君安排在后方重重保护之中。云中君认为，即使这次前来助阵的陆地妖族大都习些水性，但在那些水生水长的海族武士面前，暂时还是不要出战为妙，以免无谓的牺牲。因而，现在小言正和那一群烦躁不安的禽灵兽怪，待在四渎阵后，焦急万分地看着眼前海天中这一场惊天动地的大战。

对于小言来说，眼前这场杀得天昏地暗、混乱一团的大战，十分陌生。虽然经历过南海郡火云山那一场剿匪，但小言对战争的所有理解，还停留在往日无聊时翻过的几卷兵书战策上。

至于具体的两军拼杀，小言脑海中的印象，大抵还是来自以前在茶馆酒楼中听过的那些演义评书：两军对垒之时，先由各自主将一马当先，互相对骂，介绍生平，然后冲到一处交战，之后打输的一方朝后掩败，打赢的一方士气大振，一阵擂鼓后鼓噪而进，双方军卒厮杀在一起——

但眼前战场中的景象，和那些说书的描述完全两样。双方没什么言语，只有狂暴的呼喊与嘶号。不用什么过场话，投入战场的将士们一齐奋勇向前，为着各自的信念打作一团。所发生的一切，也没有什么诡异玄妙的权谋，都明明白白，南海一方就是要趁对方立足未稳，集结附近所有人马，力图将对方一举歼灭！

震天动地的混战，从早上一直持续到下午。双方战力，一批批不停地投入战场，直到一批批被绞杀干净。纷飞的血雨中，头顶那一层层厚厚的云团，不知是被日光掩映还是被血光映亮，乌黑的云边上全都镶上了一圈圈诡异的赤红光环。

血色云天下这一场大战，对前来伐逆复仇的四渎龙族来说十分重要。如果他们扛不住这一轮庞大的攻击，则不仅所有宏伟正义的筹划会化为泡影，他们这些内陆的水族精华，也都要全军覆没，葬身在异域海疆里。

因此，当这场生死厮杀艰难拼到下午未时，眼见着那些从乌云缝中漏出的阳光渐渐偏移，自己这一方几乎大半的战力都已投入战场，四渎龙族仍留在阵后压阵的几位神力强大的水族神君，便跟云中君禀告一声，个个显出神形，挥舞着各样神兵，挟带着耀目的神光朝眼前的杀场中呼啸而去。

他们冲出之后，原本一直在中军坐镇的四渎龙王云中君，看了看眼前局势，跟附近的亲卫交代了几声，便一声清越龙吟，化作一条摇头摆尾的巨大金龙，吐雾播云，呼啸着飞奔云空，然后从九天之上朝海面的战场中迅猛扑去。

见四渎龙君亲自上阵，原本已有些支撑不住的四渎龙军顿时士气大振，将反复拉锯胶着的战线向前推进了数十里。

这时，一直按照龙王之命待在后方的四海堂堂主张小言，见云中君已经亲自上阵杀敌，再也按捺不住，跟身后的玄灵首领交代一声，便一声呼喝飞上云天，奋起瑶光封神剑朝对面那些水怪海神杀去。

见他飞起，琼容便驾起一只火羽飞扬的朱雀神鸟冲天而起，手中抓着另一支朱雀神刃，焰气腾耀数尺，跟在哥哥后面也朝敌人冲去。

四渎公主灵漪儿本就担心爷爷安危，现在见小言也已冲上战场，便赶紧跟在后面飘摇而起，轻舒玉臂，拉满神月银弓，将一道道致命的光箭射向敌方。

到这时，四渎这一方有强力的高手，几乎已经全部出动。洲上军阵中只有玄灵妖族,仍按着龙君和小言的命令,留在原地不动。

那几个一直和小言在一起的上清宫真人,现在也已飘身而起,驭起各自灿烂的天诛神剑,按着上清宫特有的驭剑之技,将华光灿然的飞剑一化为二,二分为四,转眼便幻出许多杀气纷纷的剑影,如一阵漫天飞翔的剑雨,流星般在战场中纵横交错,杀伤敌众。

小言投入战场时,便将护体的旭耀煊华诀流布全身,与身上四灵神甲交互激发出一道坚不可摧的护体光盾。

他那柄瑶光封神剑,早被他向空阔海天中祭出,神剑在敌阵中游走如龙,所到之处势如破竹。神剑游走时小言还用清醇无比的太华道力遥催神剑,神剑杀敌时他又向四外不停飞射出白光灿耀的飞月流光斩,圆转如盘,击杀海怪无数。

亲身杀敌时,小言这才发现,虽然这次南海水军铺天盖地,汹汹而来,但好像强大的神将并不多,深不可测的南海水侯并没有到来,少数几个有些出奇的,也先后被四渎这边神力强大的神将击杀。

只不过饶是这样,南海一方的水族武士仍是有增无减。虽然在四渎龙军奋死抵抗下声势渐渐不如之前,但那些战力并不强大的虾兵蟹将实在太多,大半天过去后,仍然如同潮水般从四面八方涌来,让小言不胜其烦。

在这样铺天盖地的攻杀之下,四渎龙军渐渐便有些支撑不住。这时,一直在云空中纵横奔突的四渎神龙身形也渐渐缓慢下来,似是已有几分疲惫。

见这样,小言心中不禁十分焦急。他唤回神剑,奋力格开一个高大海神刺来的钢叉,回头望望军阵后方,依稀看到那些妖族军马正在原地腾跃,似是十分焦躁。

小言心中叹道:"唉,可惜他们并不谙熟水性。眼下离得这么远,海水深不可测,那些陆地的妖灵纵使有天大的力量,恐怕也无济于事……嗯?"

正惋惜想着,小言心中却忽然一动,似乎脑海中有一道灵光一闪而过,但等他想抓住时,却一时又想不到了。

在这样的情况下,小言便极力靠近琼容、灵漪儿,合力抵挡住几个攻来的海怪,让自己稍微轻松一些,仔细琢磨刚才隐约兴起的思绪。幸运的是,过了没多久,他便弄明白了自己刚刚到底想起了什么。主意一定,又衡量片刻,他便跟身边两个女孩低语了几声,然后边打边退,只身脱离战场朝军阵后方冲去。

且不提小言回后方布置,再说灵漪儿、琼容这俩姐妹,一齐奋力格开眼前敌众,便冲到浑身浴血的老龙神身侧,伏到他耳边低声说了几句。

听了灵漪儿言语,云中君几乎毫不迟疑,便低喝一声:"好!"然后扬首长啸,将一阵奇异的吟啸传遍整个战场。随着他这一声龙吟,所有四渎这边的神军大都会意,开始渐渐朝沙滩方向退去。

当大部分精疲力竭的四渎龙军退到沙滩之时,成千上万的南海水怪也尾随着冲杀过来。没多久,那些余勇可贾的南海军伍便冲到了伏波洲宽广的沙滩上。

他们踏上的这一片沙滩,幅度宽广,沙滩上全是银色的细沙。正因这片海滩平整广阔,很少有突兀嶙峋的礁岩,所以那些熟知伏波洲地形的南海龙军才冲着这个方向奋力进攻。现在在他们眼里,经过大半天的浴血奋战,他们终于将对手打败,逼其退回老巢中来。

到这时,以为得胜的南海水族,大部分已经狂呼乱喊着冲上平整的沙滩,兴奋地朝那些到处奔逃的溃军杀去。

只不过,这些水怪海神冲上沙滩没多久,便发现前面那些身影交错、四处奔跑的乱军,突然不约而同地向两边让去。见情形古怪,冲在最前面的那些海怪不禁微微一愣,只不过还没等他们缓过神来,便忽听得一阵滚雷般的嚎叫从对面传来。

嚎叫声音如此陌生，似乎并不是水族才有的喊杀声！

只是此时已由不得他们仔细判断，对面豁然中开的四渎军阵中，已如一阵旋风般冲出一队凶猛的骑士，骑士们毛茸茸的大手中挥舞着雪亮的大砍刀，转眼间便到了他们眼前。还没等这些海怪来得及举手格挡，便已身首异处！

后面那些南海水怪海妖毫不知情，还在蜂拥着涌上沙滩。那些在最前冲杀的阵头又进退不得，稍一迟疑，便被那群兽族骑士割草般绞杀干净！

沙滩上这一支突然出现的凶猛骑军，正是此次玄灵教带来的苍狼精骑。

这些从漠北黑水草原而来的狼族武士，座下跨着同为一族的辟水苍狼骑，低伏在强壮狼骑上，进退趋避有如一体，口中怪叫连连，来去如同一阵龙旋风，刈除杂草般砍杀着这些贸然上岸的海怪水精。毕竟，沙滩上这些虾兵蟹将在海水中也许可以耀武扬威，但一旦到了陆地上，战力远远不如这些强健凶悍的兽族精骑。

这一支狼族精骑有四百骑兵，相对那些蜂拥而来的海怪而言并不算多，但他们按照新任妖主的嘱咐，依着这片沙滩地形，一支队伍从中破开，碰到敌方迅疾斩杀后，便如一道水流分成两半朝两边疾驰而去，绕过一个圆环，然后又重新汇聚在一起，继续朝那些蜂拥上岸的海妖杀去。

这样一来，这一支狼妖铁骑，竟如千军万马一样，源源不绝，不停斩杀着这些冒失的海妖水怪。沙滩上尸体渐渐堆积之时，这些惯常在丘陵草原中捕猎觅食的苍狼精怪，竟仍如履平地，在凹凸不平的尸堆中跳跃纵横，似乎毫无阻碍。现在，战争形势已完全颠倒过来。

在这样几乎一边倒的屠杀开始之后，一直养精蓄锐等得不耐烦的兽族武士，又倾巢出动，绕过苍狼铁骑冲杀的路线，各自挥舞着重斧巨棒，从两边向不知死活冲上沙滩的水怪海妖杀去。

这时,还有成千数百的海怪困在浅滩海水中,于是玄灵教千百只猛禽精怪腾空而起,各自抓举着巨石,从空中朝浅滩中的海妖投去。不用说,飞石如雨砸下后,困在浅滩中的海妖战卒已经被砸死了一大半。剩下的那些,又被俯冲而下的雕鹏从水中抓起,一起带上高高的云天,然后松爪放下……

就这样,不管是因为正面冲杀,还是惊恐时的自相践踏,玄灵妖族这支奇兵出现之后,汹汹而来的海上王者,几乎在顷刻之后便告崩溃。原本奋勇追敌的南海水妖,早已抱头鼠窜,掉转方向,朝来路拼命逃窜。一时间,伏波洲边早已被各色血水搅得污浊不堪的海水,又像煮开了锅一样,到处都是海怪妖兵们逃窜时带起的水浪。

见敌军崩溃奔逃,那些憋着一口气的四渎将士,说不得一鼓作气尾随在南海溃军之后,奋力追杀出数百里,才在云中君命人敲起的收兵鼍鼓中得胜而回。

到了这时,南海龙域与四渎水军间第一波浩大的攻击,终以四渎一方得胜结束。

这时,手心捏着一把汗的小言望望西天,发现残阳如血。

当落日坠在云阵之下,在海水中载浮载沉之时,海滩上得胜的人们开始清理起血腥的战场。

这一回死伤在浅滩上的敌军尸体实在太多,神力疲乏的云中君掀起的数尺波澜,竟没能将它们一下子全部卷回海中去。几千水神合力作法之后,那些堆积如山的尸体才被全部冲进冰冷的海水中。

泛着血腥味的尸首被冲进海里后,大海中那些先前躲避得远远的凶猛海鱼,一个个急急游来,开始享用对它们来说美味的食物。对于这些还未开化的蒙昧鲸鲨来说,这一场惊天大战的结果,只不过是它们的一顿丰盛晚餐

第一章 海天如墨,神骑奋入鲸波

而已。

只是,蒙昧的鲸鲨可以麻木不仁,开启了灵性的生灵却不能平静以对。夕阳的余晖渐渐消散,飘着血腥气的喧嚣大洲沉浸在一片迷蒙的暮色中,已经重归寂寞的海滩上响起一阵阵奇异的悲鸣。

这些音调奇特的鸣唱,是那些幸存的水族战士唱给死去同伴的招魂挽歌。在一声声悲壮的歌声中,所有人全都归于沉寂,只是朝着大海的方向久久凝望,默默祈祷那些逝去的灵魂早日安息。

正当悲伤的气氛悄悄蔓延,整个伏波洲都沉浸在一片悲壮的宁静中时,站在海边默然无语的小言,却听得身边小姑娘一声叫唤:"哥,你看!好多人!"

听得这一声呼叫,心中正默默体会刚才那场生死大战,感到有几分后怕的小言,猛然回过神来,侧过身顺着她手指的方向凝目瞧去。

这一看,直把精疲力尽的小言惊得倒吸了一口冷气!

原来在海面上仅余的一缕夕阳光辉中,有一队银白色的巨兽,正从初升的海雾中不断浮现,络绎不绝,似乎永远没有尽头。而在这些小山一样的细嘴巨兽旁,汹涌不定的海波中正徐徐行进着一大队银盔银甲的神幻骑士,骑士目光冰冷,朝自己这里坚定而来!

第二章
月魄云魂，曾照当时明月

一看到海雾中浮现的那队神幻军马，小言的心立即就揪了起来。虽然刚才那场混战最后勉强获胜，但两边从早上打到傍晚，基本也是两败俱伤。现在见打赢了仗，所有人全都松懈下来，这时候如果对方再投入一队精锐，后果不堪设想！

正当小言焦急之时，却忽听身后响起一声大笑，随后有人说道："好！彭泽少主果然不负所托，终于赶来了！"

听这豪迈的声音，便知是云中君发出的。听得此言，小言立即放下心来。显然，现在来的这支神兽神兵，正是四渎麾下军马。

这支队伍从滔滔海水中靠近陆地后，银盔银甲浑身白辉缭绕的彭泽骑士，仍按原来的速度，不紧不慢地登上沙滩，并且分开队伍朝两边排列，让他们护送的银色巨兽登陆。

等巨兽登岸，小言这才看清楚，原来这些远看背脊像小山一样高高隆起的细嘴神兽，身躯不大，背上隆得像小山一样的，是各种前所未见的器械包裹。

没等他来得及细细打量，那队银辉缭绕的骑伍中已奔出一骑，如一朵白云般飞飘到四渎龙君面前，转眼之间，雪色良驹上那人便翻身下马，拱手说道："彭泽楚怀玉，幸不辱命，已按龙君吩咐，将巨蝛蝛护送到伏波洲！"

"很好！这批神具对我四渎此次攻防南海极其重要。记你一功！"

"多谢龙君！"

就在云中君和彭泽少主楚怀玉对答时，小言借着那团白色神光看得清楚，只见白色光影中之人，看上去二十多岁年纪，面容生得极为英俊，五官就如同白玉雕就，银采流动的盔胄衬着，在黯淡的暮色中神光照人。

说起来，俊美男子小言也已经见过不少，比如罗浮山上的华飘尘，妙华宫里的南宫秋雨，还有郁林郡中的无良太守白世俊。只是现在看楚怀玉站在自己面前，他却突然觉得，原来那些俊秀非常的美男子，和这位彭泽水神一比，恐怕也只算得上面貌端正而已。

小言打量楚怀玉时，新来的水泽神将也在打量着他。

"这就是雪笛灵漪儿的好友凡人少年？"

和刚才的冰冷神情一样，彭泽少主心气也极高。他跟四渎主公见礼之后，又回身跟站在小言一旁的灵漪儿行过礼，便开始毫不客气地盯着张小言这位名不见经传的道家少年，上上下下仔细打量起来。

混杂着复杂神情的目光扫过一阵，楚怀玉忍不住在心中赞叹："好个神采非凡的俊逸小子！虽然算不得美男子，也算别有一番风采！"

正当他心下叹服之时，便听得云中君说："楚孙侄，这次护送物资过来，着实有功。等这些蝛蝛运来的军资卸完，我在中军置酒，给你接风洗尘。哦，对了——"

见楚怀玉留心打量小言，云中君便笑道："忘了跟你说了，这位小言老弟，刚刚接掌妖灵一族，可谓人中翘楚，你们俩以后要多亲近亲近！"

"是！"虽然云中君话语中辈分称呼有些乱，但楚怀玉仍是一丝不苟地回身抱拳,恭敬回答。

将诸多冗务安排完毕,这些征尘满身的神兵将士,便在伏波洲上的军营大帐中休整。不少还未修成人形的水族战士,则在伏波洲附近海水中休憩觅食。

夜色完全降临,灯火初起之时,水族、妖族那些首脑,还有上清宫那几位修道之人,便在云中君神帐中设席饮酒。

经过这一天的大战,大家都已身心疲惫。只不过即便如此,几乎所有人的心都还悬着。因此,等云中君排开宴席,请大家尽情饮酒之时,还是有神将提请云中君,是不是暂时息了宴乐,去时刻提防孟章亲提大军前来夜袭。

听得这一提醒,坐在席首的云中君只是哈哈一笑,说道:"涟邪老弟,不用担心。那南海小儿的脾性老夫已摸得一清二楚。不到明天早上,他不会亲率大军前来的。"

"龙君所言极是。"见众人脸上仍有犹疑,云中君旁边面容清和的谋臣水神便接言细加解释,"各位,今日大战,南海来的都是虾兵蟹将,真正的大神并没来。这固然是因为这回我四渎龙军出其不意,突然占据伏波洲,让他们一时来不及从鬼方一线调来精兵猛将。但除了这个原因之外,我们这些远途而来的军士能力抗并站稳脚跟,也和孟章小儿向来看轻我四渎水族战力有关。

"据我所知,南海上下都以为我们这些内陆湖泽的战卒,不能和他们汪洋大海中的久战之兵相比,才做出这样轻敌之举。而孟章其人,事实上和他往日那些恶行中所显示的莽撞愚勇并不一样。今日他首战受挫,恐怕就要狐疑不定,十有八九会秉烛夜谈,仔细筹划,不到天明,恐怕是理不出头绪的!"

"哈!庚辰老弟说得有理。"云中君一笑,说道,"依老夫看,那孟章性情刚猛，却又自诩智谋，恐怕并非南海之福。所以不用担心，大伙儿先喝酒吧！"说完，他便带头举杯，跟诸位属臣盟友斗起酒来。席中其他人见他胸有成竹，自然不再多言，也跟着开怀畅饮起来。

小言在这样的众神酒宴中，又认识了不少山泽中的神怪，比如知道了席前向云中君进言的那个澒邪，正是接替四渎叛臣无支祁的淮河水神。在席中几番交接对答，小言看得出，这位淮河新水神为人既谨慎又豁达，颇有大家风度。

喝到酒酣耳热之时，他们这些原本陌生的人神妖灵，相互间渐渐熟络起来。于是这些山泽神怪，免不得便称赞起小言下午出奇制胜的谋略来。

说起那个诱敌深入、置敌军于不利之地的谋略，也只是小言的急智。和以往几次差不多，每逢有事时，越是到生死关头，他便越能敏睿冷静。只不过那些都是在危难之时。现在肴温酒暖，小言再听诸位前辈的称赞，却颇有些不好意思，一时也不知该如何回答。见他这样，那些泽神水灵便愈加敬他谦逊有礼。

满座众人中，却有一人不服气。这人便是同样年少得志却更加心高气傲的彭泽少主楚怀玉。

心不在焉地品着杯中酒水，楚少君心道："嗯，有这么英明神武吗？这点小小智谋我也能想得到。

"唉，还是来晚了，要是我下午在，用我那些精锐龙骑对那些死鱼烂蟹，总比那些妖兵好……"

就在刚刚这短短一两个时辰里，一直春风得意的神君少主，却觉得自己事事倒霉。正当他喝着闷酒时，忽听大帐门帘一响，有人燕语莺歌般说道："小言！我把琼容给你送来了。她总是闹着要见你！"

珠落玉盘一样的声音传来，楚怀玉正送近嘴边的酒杯顿时一滞，停在了半空中。他尽量矜持地缓缓转脸朝门边看去,只见云霓一样飘来的神女,不是灵漪儿又能是谁?

原来军中饮宴,女眷都要回避,即使连龙王公主也不例外。只是等他们酒过三巡,待在别处绣帐用餐的灵漪儿却觉得心里空落落的,总觉得哪处有些不对劲。

耐心等得一时,等专心享用果馔的小妹妹终于说自己想哥哥时,她便立即长身而起,牵着琼容来找小言。等到了云中君大帐中,小丫头如愿腻在哥哥身边,灵漪儿自己却也不走了,唤人在小言身边加了个绣墩,顺便落落大方地帮他斟了一杯酒。

灵漪儿这一番作为,看在那些饱经沧桑的神灵眼里,自然觉得十分有趣。只不过碍于灵漪儿身份,大家最多也只在心中偷笑,面上一个个都装得神色如常,好像什么都没看到。所有人之中,也只有两个人有些抱怨。

"这丫头,这会儿也不来给我倒酒!"一个抱怨之人,便是四渎龙君。

除了刚开始进来时给他倒了一杯酒,小丫头就对他这个老头子不闻不问了。咕哝一声,自己帮自己倒了杯酒,云中君便和所有长辈老人一样,开始在心中发起感慨来。

除他之外,另一位不甘之人,正是彭泽小神君楚怀玉。

此刻大帐中高悬数十颗夜明珠,到处洒满柔和的光辉。斜眼偷瞧,只见柔淡光影中,秀曼绝伦的灵漪儿香腮玉软,俏脸嫣红,宫髻高盘,如铺绿云。一双玉臂如藕,轻挥时仙袂飘飘,袭来满席的麝兰香气。满眼的花容月貌,满鼻的桂馥兰薰,几乎让酒量上佳的彭泽少主要提前醉了。

唯一让这位少主神君有些不快的是,艳压四海的四渎公主,绝美一如往昔,但似乎只对小言一人特殊,对其他人仍是冷冷的。

"可恶!"

彭泽少主一向处事沉稳，本不至于如此暴躁，但远道前来，初次见到灵漪儿只和小言说话时才轻言笑语，心中不禁有些吃味。

酒酣耳热之时，心底那股血性冲了上来，他一时没忍住，霍然起身，快步来到小言近前，举杯醺醺道："我敬你一杯！"

"啊，多谢楚少主！"见他前来敬酒，小言赶紧起身谢了一声，把杯中酒水一饮而尽。

见小言喝完，楚怀玉略平息了酒气，尽力平静说话："张兄，是名讳小言吧？那我称句小言兄。小言兄，在下最近听人说过一句话，不知如何解释，还请小言兄赐教。"

"噢？赐教不敢，楚兄请讲！"酒宴过半，小言已和席中众神混得挺熟，现在见楚怀玉和他称兄道弟，应答得也挺自然。

只听楚怀玉说道："小言兄听好，我近日听到的这句话是：'琼艘瑶楫，无涉川之用；金弧玉弦，无激矢之能。'我思来想去，也不知如何解释，还望兄台赐教！"

"这句话嘛……"饱读诗书的四海堂堂主想了想，觉得也不难，便跟他认真解释，"楚兄，依我看这话的意思，可能是说人物事情不能光看表面光鲜。虚有其表的东西，往往不能真正长久，不能真有大用。这句话，也就和'金玉其外，败絮其中'差不多吧……"

说到这儿，认真解释的四海堂堂主忽然停住。因为他忽然发现前来请教之人，似乎听得并不专心，仔细看，嘴角似乎还挂着一丝若有若无的微笑，隐有些嘲弄神色。

察觉出这点，再稍加留意，便发现彭泽少主听自己说话之时，偶尔还向自己旁边笑眼盈盈的灵漪儿瞥上一眼。

"哈！"小言突然忍不住笑了起来。

这些天他见惯了风云突变、斗智争雄,经历过几番生死搏杀生离死别,再看看眼前酒席间这样的口角争较,突然间觉得一股笑意不可遏制。

好不容易忍住笑意,他压抑许久的少年心性忍不住又冒了上来,便正了正神色,一本正经地说道:"其实楚兄,虽然这谚语说的是这道理,但在下却真的非常希望,自己能金玉其外!唉——"

小言看看自己,又看看楚怀玉,露出些难过神色:"唉,就拿你我两人来说,楚兄丰神俊美,身上那'金玉琼瑶',远胜在下多矣!"

"嘻!"见小言一本正经地说出这番自嘲的话,一旁的灵漪儿忍俊不禁,咪一声笑出声来。

虽然心中大乐,但碍于人多,灵漪儿也只好拿捏着礼仪,娇靥上只是嫣然含笑。只是,即便如此,那也是明眸善睐,早已把彭泽少主给看呆了,浑忘了反唇相讥……

且不说席间这番言笑无忌,酒宴将尽时,一直和大家痛快喝酒的云中君,却忽然睁开蒙眬醉眼,跟众人说道:"诸位,现在酒醉饭饱,疲乏已消,还望各个警醒,约束麾下各部,严防南海来袭。"

云中君此言一出,席间气氛立即凝重起来。

只听他继续郑重说道:"各位,其实南海水侯有一个想法没错,那就是我四渎水卒,战力确实不如南海龙族。现在我们还立足未稳,需要做些事情。各位请先回去休息,等过了今夜子时,还请再来此地相聚,我等有要事相商!"

这番吩咐过后,众人便各自散去。

席终人散,小言却有些睡不着。劝回要跟来保护的妖族首领,他便和灵漪儿、琼容一起去夜晚的海边闲走。

伏波洲僻静的海滩,宁静而安详。

深沉的夜色里,只听得见海浪轻轻拍打礁岩的声音。脱掉鞋袜,在柔软的沙滩上赤足而行,疲倦了一天的少年,便找到一处平整的沙滩躺下,将双手枕在脑后,静静地看头顶的月色星华。

现在小言头顶的天上,挂着一轮玉盘一样的月亮。他刚躺下时,月轮旁飞过一阵阵淡墨一样的夜云,就像一队队穿着黑甲的士兵,从明月旁边走过。

悠悠看了一时,所有的乌云便全都飞走了,月亮重又光华四射,将灿烂的光辉洒向无边无际的大海,也洒在星空下大海边的少年身上。

"看样子,南海的战事,一时半会儿是不会结束了……"躺在柔软微湿的沙滩上,小言悠悠想着心事,"这一回,灵漪儿的爷爷是想把孟章连根拔起吧?"

这一两天中,他已在云中君那儿听说了许多鲜为人知的内情,比如水侯孟章与鬼方的恩仇,南海龙域与诸洲的恩怨。听了云中君所说,小言才知道原来南海水侯犯下的恶行,远比他以前见识到的要多得多。

"嗯,这一次无论为人为己,我都得尽力……"

悠悠想到这里,不知不觉中雪宜的温婉容颜,悄悄浮上心头。星光云影之下,水月海天之中,那个往日里如影随形,几乎从不会让自己留意的清冷身影,此刻却清晰无比地映在自己眼前。

思绪浮起,仰着脸,对着天穹。天穹中那些映着月光的夜云,看上去仿佛就是她温柔的眉眼。她似乎有千言万语要说,却又和每次一样,最后只是欲言又止……

"我懂了……"

直到这时,双眼模糊地仰望着星月的小言才突然明白,已经逝去的女孩雪宜,想要的究竟是什么。想通的那一刹那,小言只觉得一阵天旋地转,有一种深重的悲伤如潮水般涌来,瞬间就将他淹没……

这一刻,清冷的明月旁正有一朵夜云飞过,就像一道溅起的水浪,下一刻就要将月轮卷没。

第二章 月魄云魂,曾照当时明月

第三章
剑指沧海，光耀虎狼之师

天上云浪迫月，海边却仍是寂静如常。

清冷月光中，只听得见风声水声，偶尔还有坐在一旁的琼容扭动身子四处张望时衣裳摩挲的声音。

小言三人在这方宁静的小天地里休息时，伏波洲中另外一处，和小言他们同来的上清宫道人，也各自觅得山岩僻静处，抓紧时间炼气打坐。

中夜之时，正在伏波洲内外各处厉兵秣马的妖兵神将，忽见云中君大帐上升起七八条黄艳艳的光带，随风飘摇，就像几条随波逐流的发光水草。众人一见，便知四渎龙君正在召众神进帐议事。

这时小言还在闭眼休憩，心思无比沉静，还是琼容偶尔一回头，看见光亮，叫出声来，小言才感觉到那份灵力。他回头看到大帐灵光，赶紧弹身而起，和她们一起急急赶往大帐。

到了云中君大帐前，小言见坤象、殷铁崖几人正在门外徘徊。一见他到来，这几个妖族首领立即上前殷勤相陪，将他前呼后拥着送进中军大帐。

进了中军大帐，正当小言还在四处张望想自己该站在哪儿时，大帐正中夜明珠光辉照耀下的四渎龙君，却已经主动叫他："小言，且上前说话！"

小言赶忙应了一声，放开琼容拽着他的小手，上前听令。听了云中君一席话，他这才知道，原来傍晚时云中君所说的有要事相商，主要还是跟他商量。

只听云中君洪声说道："各位且莫怪我偏心，我欣赏的少年张小言，其实还从未真正独当一面过。今晚这场先锋战阵，我便交与他，也算历练。隐波洲，和息波洲一道，正成掎角之势，扼住了伏波洲攻往南海龙域的水道。如果这两洲不攻下，恐于局势不利。"

原来云中君正要请小言和玄灵妖族一道，攻下伏波洲西南三百里外的隐波洲，为伏波洲上的讨逆大军除去隐患。

隐波洲上，盘踞着南海特有的凶猛妖族，名为南海狼蛛。这些修成人身的南海狼蛛，一向誓死效忠南海水侯，跟着骄横跋扈的龙族三太子在南海中干过不少荼毒生灵的坏事。昨天深夜趁四渎龙军立足未稳便攻来的南海妖兵，其中有不少就是隐波洲蛛人驱使的水族鱼灵。

小言生平头一回被分派了这样重要的任务，心里非常紧张。等云中君说完，他赶紧询问隐波洲的具体形势。

见他如此紧张，云中君暗暗点了点头，便跟他说道："好，知己知彼，百战不殆。隐波洲具体情势，你可以问问孔涂洲主，此处没人比他知道得更清楚了。"

说罢他便朝孔涂不武微一颔首，孔涂不武赶忙躬身一礼，说道："少主相询，小神自然知无不言！"

接下来他便将小言带到大帐一角，跟他仔细解说起隐波洲的地理形势来。

在这之后，大帐正中的四渎龙君又跟帐下分列的水神交代了几句，似乎帐中的议事便快要结束了。

见这样，帐中一人却急坏了。

高傲矜持的彭泽少主在一旁几次暗地里着急，云中君却偏偏浑若无视。眼见着商议已定，不得已，楚怀玉只好主动出列，跟云中君抱拳说道："禀龙君，听龙君刚才一席话，我却有一事不明！"

"哦？何事不明？"

既然开了口，楚怀玉现在也是气势昂然，跟云中君禀道："禀龙君，既然息波洲与隐波洲成掎角之势，为何只派张少主前去攻打隐波洲？既然已打草惊蛇，就该双管齐下才是！"

"噢，哈哈！"楚怀玉一开口，云中君便知这位心高气傲的彭泽湖少主请缨出战，无非是想要跟小言一较高下。

这般情形云中君早已料到，便哈哈一笑道："楚孙侄，双管齐下固然最好，只是你可要想清楚，息波洲中的海牛妖力大无穷，虽然你麾下龙骑一贯神勇，但刚刚水路迢迢，押送蛴蟒物资到此，只恐疲敝不能破敌。刚才我派小言前去攻敌，正是因为放眼全洲，经了白天那场大战，除了玄灵妖族，其他大都已经疲乏了。不如，怀玉你先歇息一日，明晚再着你去攻敌？"

听云中君这么说，彭泽少主当即大叫道："些些水路，何足挂齿？战局如火，怎么能等到明天！"

"好！"见激起了楚怀玉争胜之心，云中君不再多言，肃容说道，"楚孙侄，虽然这两洲战力在南海四岛十三洲中只算中等，但这两洲离伏波洲实在太近，因此今夜这两战，都只许胜，不许败！"

"那是当然！"楚怀玉昂然而答。

"好！那今夜我就稳坐中军帐，看看你们这两路军马，到底谁能得胜先回！"

一言说罢，云中君又转脸看了看旁边的灵漪儿，说道："灵漪儿，这次战阵,你不用去给小言助战。我倒要看看这小子的作战能力如何。"

"是。"虽然很不情愿,但每当爷爷跟自己正色说话时,灵漪儿还是不敢违拗,只好乖乖地点头称是。

见云中君这样安排,彭泽少主心中感激无比,心中暗道:"唉,龙君如此体恤,我自当誓死效忠!"

这时候,小言已跟孔涂不武问清楚了隐波洲上的情势,心中已有计较,当即便转身上前,跟云中君抱拳禀道:"如何攻打隐波洲,我心中已有些计较。只是此事我还需一人相助。"

"哦?是谁?"

小言回头看了看帐中众神,说道:"我想请水神冰夷相助。"

"哦,是他。冰夷老弟,你可愿意?"

"当然。"冰夷闻言,当即驱动足下两龙,一阵云雾蒸腾,来到小言面前。

朝小言打量了两眼,冰夷便将凶神恶煞的面容略略收起,笑道:"张老弟,你可知道,若是请我相助,那你便已经输了。"

说这话时,这位黄河水神朝楚怀玉那边努了努嘴。

见他这般举动,小言自然知道是什么意思,当即便躬身一揖,说道:"冰夷前辈,其实只要能破敌,即便让我现在认输又如何?"

经过刚才沙滩上那一番睡卧沉思,现在小言已经甩掉了这两三天来的烦躁神思,重又回复了往日的沉静平和。倒是黄河水神冰夷,听小言这么一说,颇有几分惊奇。

凝视小言半晌,神力强大的黄河水神在心中暗暗忖道:"果不其然。我早该想到,既然是阳父大哥看重之人,自然有他出奇之处。"

想到此处,见多识广的黄河水神倒有些好奇,不知小言待会儿要他如何相助。

而小言现在,一想到自己即将引领群妖去真正地攻城略地,不免仍是满心紧张。

正有些手忙脚乱,回头一瞧,自己原来站立处却不见了琼容身影,当即他便脱口叫道:"琼容?"

"……哥,我在这儿呢。"

听得哥哥召唤,那个已蹭到大帐门边,正悄悄藏在众人之后的小姑娘,只好出言回答,不情不愿地重新回到众目睽睽之下。

回到小言身边,琼容便转动着乌溜溜的眼珠,冲着云中君脆生生说道:"老爷爷,琼容一定要帮哥哥去打仗!"

原来琼容见云中君不让灵漪儿姐姐去帮哥哥,生怕他也拦着自己。

听她这么一说,再瞧瞧她充满警惕的眼神,云中君忍不住哈哈大笑,说道:"原来是小将琼容!嗯,我也听说了你的一些事迹,这回自然也是挡不住你了。来来来,过会儿就要打仗,老爷爷我现在就送你一件战袍!"

话音刚落,云中君双手一击,顿时便有一团红光灿耀之物从袍袖中飞出,如一朵绚烂的火烧云霞,悠然飘落在琼容身上。

一阵光影纷乱之后,小言定了定神再去看时,只见琼容身上已多了一件火焰纷纷的袄甲,上面如熔浆一般流动着金色的地理山河之纹。琼容转身之时,浑身华光烂然,迷人眼目。

乍得龙王赠物,琼容也是欣喜非常,在原地飞快地转了个圈,便在大帐中纷扬起一阵光影迷离的火雨。流离火雨中,琼容玉腮如敷朱粉,如染烟霞,如一枚琼琚美玉,在大帐中宝光初放。

金辉红焰相间的火影中,琼容喜滋滋地说道:"哥哥,看,新衣服!"

"嗯。合身吗?"

听小言问,琼容便将身子一旋,又在哥哥面前转了个圈儿。

小言看去，见龙王相赠的这身战袍，绫甲紧凑，穿在琼容身上，怎么看都好像是为她量身定做的一般。

见如此，小言当即便道："很好，很合身！快谢谢龙君爷爷！"

"谢谢龙君爷爷！"

听小言提醒，明颊如玉的小姑娘当即一旋身，两片薄薄的嘴唇上下一碰，朝帐中云中君清脆地道了声谢。

"好，好！"

见琼容皓齿朱颜，举止天真无比，四渎龙君笑得合不拢嘴，赞道："好个懂事的丫头！不枉我送你这件宝物。小言——"

云中君转向小言说道："恐怕你这小妹妹自己都不知道，她那两只刃灵，正是火方之尊朱雀。不要说是你这半路认来的小妹妹，即使是一般的神仙灵怪得了这一对神兵仙器，跟这两团先天火灵朝夕相对，几年下来恐怕也早就暗损了灵根。"

"啊！那该怎么办？"听云中君说得这么厉害，小言不禁大惊失色。

见他惊惶，云中君捻须笑道："现在不要紧了，你妹妹有了这件我早年得来的赤明离火衣，便可放心地召唤朱雀火灵，再也不用怕它们的炎气伤损到灵根。"

"谢谢老爷爷！"

这时连琼容也听出云中君一片好心，不待小言吩咐，赶忙再谢一次。

见她如此懂礼貌，云中君忽想起一事，转脸跟自己孙女说道："对了，灵漪儿，说起来，你法术学了不少，有驾驭神月银弓的九天玄女箭法，还有凝结光箭的月华回真术，都是非同一般的仙家正宗神术。只是白天那场大战，我留意看了看，你的实战经验，却似乎还不如这个小妹妹多。"

云中君转脸跟琼容赞道："看不出来，你这小丫头跟人对敌时好像从不知害怕,不管对方如何高大强蛮,总能因地制宜,或远遁飞击,或缠近拳打脚踢,不管如何总能制敌!"

"嘻……"听得云中君赞赏,琼容却有些不好意思,靠到小言身后,露出脸来冲云中君嘻嘻一笑,两道眼眉就弯成了一对细弯的新月牙。

见琼容害羞,云中君便不再逗她,回头跟自己孙女吩咐道:"灵漪儿,今后战事频仍,过会儿若无事,我要教你一些实战之法。"

"是!"

此后,小言便请坤象、殷铁崖等玄灵妖族离帐,一起去集合妖族兵众,准备出发攻打隐波洲。

只不过,临出帐时,小言忍不住回头跟稳坐大帐之中的四渎龙君问了句:"龙君,我还有一事不明:南海大洋海阔天空,为什么我们不游击千里,直捣龙巢?"

听得此言,云中君仰天哈哈一笑,然后点了点头,捻着胡须说道:"问得好!只不过此中另有机巧,此时不便闲谈。等你和楚少主得胜归来,不用我说,你们自然就会知道。"

此后过了没多久,小言便和坤象、殷铁崖等人率着一众妖兵灵怪,在伏波洲水卒引导下一路烟涛滚滚,直往西南凌波而去。

一路疾行,大约过了半个时辰,小言与一众妖灵便接近了即将攻打的南海隐波洲。

只是,还没等靠到近前,在众妖之前横剑而行的四海堂堂主,凝目朝前方一望,便忍不住倒吸了一口冷气!

原来前面那个妖族大军兵锋直指的南海大洲,并不像预想中的那样怪石林立、丛林幽深,现在在他们面前的,却是一幅从未想到的奇景:横贯东西的南海隐波洲,现在已完全被一层白亮之物覆盖。虽然天上星月只是微明,但这些白茫茫之物却被微光映得雪亮，在黝暗的海波中闪耀着亮银一样的光亮。

从他们这边看去，这座狼蛛盘踞的大洲现在就如同藏进了一个硕大无朋的雪亮蚕茧，闪耀着丝质晶泽的茧壳，从东到西，从南到北，占地广大的隐波洲被包裹得严严实实，不留一丝缝隙。

这般奇景，倒大出小言意料之外。

南海蛛人龟缩到丝茧之后，原来设想好的能发挥妖族骑军最大战力的战阵方略，一时就用不上了。

等成百上千的羽族妖灵撞向那只巨硕无朋的坚韧白茧，全都无功而返后，他们的这位新任首领略想了想，便将手中神剑朝上一举。身后成百上千的妖族精锐立时在波涛中停下，无论人神妖灵，全都鸦雀无声，一时间身边只听得见呼呼的风浪涛声。

风涛浪声里，众人瞩目中，伫立潮头、动荡起伏的小言，突然间仰天一声长啸，在一声惊心动魄的龙吟啸声中腾空而起，飞上九天云霄。在空中略一停留，他周身便灿耀起无比夺目的电芒光华，然后在所有妖灵的翘首以待中，孤身独剑，朝那个密不透风的硕大白茧闪电般扑去！

第四章
寻幽辟路，想神人之窟宅

小言集结妖族大军杀至隐波洲时，这座海洲上的狼蛛战士，早已用特有的狼蛛丝，将整座海洲遮掩得密不透风。

经过之前黑夜和白天两场大战，这些狼蛛妖人已经很清楚，他们这洲实在离四渎驻扎的伏波洲太近，水侯率领真正的精锐攻来之前，那些四渎军马一定会抢先攻打隐波洲。

对于他们这些世代盘踞隐波洲的狼蛛而言，现在最紧要的就是死守住本洲，为天明即将到来的真正的大战，保留可供南海龙族停留之地。

要是他们能守住隐波洲，隐波洲就和息波洲一道，像海蟹的两只巨螯，牢牢扼住伏波洲攻往南海龙域的海路水道。

因此，现在这些狼蛛众志成城，只想严防死守，争取撑到天明。龟缩在蛛丝巨茧之中的狼蛛战士，现在也不知道茧外攻来的到底是哪支敌军。他们只能从身边空气细微的波动中了解到，有一支敌对大军正从东北方攻来。

"大伙儿清醒点！"

感觉到敌军攻来，狼蛛中的首领们开始迈开八足，在族中战士中往来狂奔，大声吆喝着让族人打起全副精神，提防敌军。在大声呼喝着人语之时，首领们闪耀着锋利颚牙的巨口中,还不停夹杂着阵阵嘶鸣。这是他们在用狼蛛天生的语言,向那些还未修成人身的战士传达着同样的信息。

就在蛛茧内狼蛛战士们严阵以待之时,小言也止住了身后的妖族大军,让他们半潜在海面之下,随时等待自己的指令。他自己则身形一振,忽然如白鹤冲天,直飞上九天云霄。夜色里,这位初次引军作战的四海堂堂主,身上的四灵神甲在乌黑的夜云中瑞华闪耀,就像一朵光色奇异的仙云,浮在隐波洲上空。

小言冲上九天云空之时,所有潜伏在海水中的妖灵全都屏气凝神,仰望着天上这个神幻的身影,看自己的教主神师接下来如何行事。

此刻,这些妖灵都对他们这位新任的妖主信心满怀,夜云中的小言却在手心捏了一把汗,心里万分紧张。

小言想着,这些妖灵前来南海复仇,说到底还都是因自己。因此,看到他们在神秘莫测的蛛茧前受阻,他便不假思索,觉得自己该亲自上阵,为他们扫除障碍。

在流云底下的夜空中停留一阵,定了定心神,小言便使尽浑身解数,将身体中那股太华流水运转起来,让其在四肢八骸中流转空明。

与此同时,护体的旭耀煊华诀也被提升至极致,与身上那副四灵战甲内蕴的仙华神机相激发,在身体周围缭绕起无数缕纯白的光华。

诸事俱备,小言深深吸了口气,然后浑身激荡不定的瑞气仙光便不停地碰撞汇聚,奔流到他右手中高举的那把瑶光封神剑上,在玄色剑身上凝聚成一朵耀眼的白色光芒。

"去!"

一待神光凝成,小言一声大喝,将掌中高举的神剑呼一声往下一劈,早已滑至剑尖的飞月流光便轰然离剑,化作一团圆月光华,朝底下的巨茧如电飞去。

"轰！"

上清宫绝技飞月流光斩冲临那只巨大的蛛茧，激荡的光月刚一碰上坚韧的茧丝，就好像利刃切进豆腐，哧一声将茧壳燃出一个大洞，然后锋芒毕露的飞月流光斩便破洞而入，倏然击进黑黝黝的茧内。

坚韧无比的蛛茧被剑光击破，那些先前在茧前铩羽而回的妖灵便要欢呼，只是还没等他们出声，顺着海风，蛛茧破洞中就已传来一阵惊天动地的惨叫，久久不断。

"……"

听惨叫声音如此之大，持续时间如此之久，原本还准备欢呼的妖灵们顿时面面相觑。

这些桀骜不驯的妖灵，直到这时才第一次看到族中长老众口相传的神师教主真正的实力。原本靠着血缘与忠诚才对少年教主臣服的妖灵，本能地沉默一阵，随后便突然爆发出一阵欢呼，欢呼声有如山崩地裂！

"哈！"

见自己法技效果卓著，小言这时也信心大增，赶紧又运足太华道力，将一道道飞月流光斩奋力激发出去。

原本连上清宫高人也只能三五朵击发的飞月流光斩，现在在小言奇异的太华法力支持下，却像流星雨一样漫天飞舞，成群结队地朝底下横亘东西的巨型蛛茧飞去。几乎只在眨眼之间，原本似乎坚不可摧的南海巨蛛的蛛茧，便已千疮百孔，出现无数漏洞！

"哥哥，我也来帮你！"

这时正跟着妖族叔叔们大声叫好的小姑娘，突然想起来自己可不能闲着，立即蹦了起来，如一朵鲜红彤云般蹿上夜空，身边两朵火霞飞舞，朝那团风雨飘摇中的蛛茧杀去。

在琼容这两把朱雀神刃击出的坎离真火面前,原本水火不侵的狼蛛丝立刻熊熊燃烧起来,照红了半片天空。

蛛茧碎片烧出的明亮火光,被呼啸的飞月流光挟持着满天飞落,就好像在隐波洲上空下起了一阵火雨,直烧得那些密密麻麻排列的狼蛛战士狼嚎鬼哭起来。

"是陆地妖族!"

蛛茧被烧开,那些狼蛛首领便看清楚了洲外海水中潜伏的敌军模样。

一见这样,那些首领顿时一阵号叫,催逼着那些不停躲闪火雨的狼蛛武士极力涌向隐波洲东北边。

经历过昨日大战的狼蛛首领们很清楚,那些从中土八荒中来的妖兽极擅骑兵突击,昨天那场大战中,南海水族大军便是在他们这些妖族骑军的冲击下才功亏一篑,全线大败的。因此现在一见海水中密密匝匝的狼头豹首,狼蛛首领们胆战心惊之余,立即喝令族中儿郎全部聚集在敌方正面的沙滩上,以防他们攀上海滩后奔跑冲杀。

狼蛛首领身经百战,头脑亦十分清醒。看过昨日那场大战,他们发现那些凶猛的妖兽只是略知水性,虽然也能渡海浮波,但要真正厮杀,却还得脚踏实地,才能发挥最大的战力。

因此,他们认为如果现在自己死守住正面的海滩,那些可恶的陆地妖族便没了奔跑冲杀的余地,只能从海边水里攀上来。要他们和自己这些南海土族中战力强大的狼蛛肉搏,恐怕很快便会被挤下海喂鱼去!

当看到族中战士已经密密麻麻地挤在本来便不大的东北方沙滩上时,狼蛛首领们顿时松了口气,将注意力重新集中到头顶上空那两个飞蹿的身影上。

"可恶！原来只是俩乳臭未干的后生小娃！"这时候他们也看清了小言和琼容的容貌，顿时更加生气。

趁着那些海水中的妖灵按兵不动，狼蛛首领们一声令下，几乎全洲的狼蛛战士都来合力对付上空那两个四处破坏、不停击伤部族武士的小贼。

"隐波洲的勇士们——"

狼蛛首领们刚要下令攻击，却忽见空中那两个少男少女停了下来，为首的少年低下头竟开口对他们说话："我们是协助四渎龙族的玄灵妖族。你们的水侯倒行逆施，希望你们不要助恶为孽，不如放下兵器，投降了吧！"

对敌向来都是不死不休的狼蛛武士，听到小言这番话，恶狼一般的面容顿时一阵肌肉抽动，也不知是该怒还是该笑。

哭笑不得之时，空中那少年却仍在继续说道："这样，我们也好免去一场杀劫……"

"放箭！"

回答小言善意提醒的是一阵飞蝗般的箭雨。飞箭密集的程度，恐怕连陆上最精锐的弓箭军阵也难与之相比。

凶猛的南海狼蛛，即使修成人身，原本的八只手足也同样手脚不分。负责放箭的狼蛛武士，八只手足两两持着一把强弓，轮番朝空中射去。岸边还有不少狼蛛武士把箭射到远处海水中那些妖兽战士身上。

"走！"

这样的箭雨自然伤不到小言分毫。一见底下飞箭如雨，小言立即拖着琼容，如钻云鹞子般直飞云空。

微弱的月光星光下，那些带着幽明光芒的狼蛛利箭，像一道滔天的巨浪跟在他们后面婉转飞翔，虽然努力地朝前探，却始终追不上。

见这一情形，小言不再迟疑，当即身形一转，急冲回数十里外玄灵妖族大军中。

"难道他们知难而退了？"

一心只想守住隐波洲的狼蛛武士，只管往好处想。

只是，他们见小言回到东北方的海水中，又是一声清啸，然后妖族阵中就有一人越众而出，足跨双龙，面寒似雪，在隐波洲东北海面上往来奔驰。

"他要做什么？"

不用说，密集的箭雨顿时改变方向，不约而同地飞向那个容貌奇特的踏龙神灵。

只是隔得远，狼蛛的利箭再强，飞到三四十里外也已力竭，到了冰夷近前早已是强弩之末。即使有少数拥有法力的狼蛛长老发出的利箭呼啸着飞近冰夷，还没到身边就已被冻得透明，跌落在汹涌的波涛中化为一段流水。

就在这个当口，随着高大神灵冰夷身周白雾缭绕，原本风波不定的海面已起了奇异的变化。原本无风三尺浪的大洋海面上，现在竟变得水波不兴。半晌后，风高浪急的海面竟波平如镜，映着天上的月亮闪动着一层南海中少见的寒光。

不知是否是错觉，看着那白茫茫的寒光，这些身处洲边的狼蛛武士身上，仿佛起了一层疙瘩，不由自主地打起寒战来！

"不好！"

狼蛛首领中见机最快的反应过来后，隐约意识到了敌军的意图，不禁一下子便惊得魂飞魄散！

只是这时想到已经太迟了。就在这少数几个有识之士惊惧交加时，隐波洲东北方原本波涛汹涌的海面已经被冻出方圆二三十里的阔大冰面。

这时候，又隐隐见那少年回头说了些什么，顿时便有一个虎面老者越众出列,奔上坚冰一阵咆哮。立时便是一阵狂风大作、雾气弥漫。须臾之后,那些远道攻来的陆地妖族,便在水波动荡的海面上凭空辟出一大片陆地!

见得这样匪夷所思的景象,狼蛛们一阵慌乱后醒悟过来,赶紧狂呼乱喊着拥拥挤挤地朝海上新陆地冲去。

只是为时已晚。悍勇无比的辟水苍狼骑,已攀上冰夷与坤象合力开辟出的陆地,由慢到快,不停地加速,转眼就已形成一股洪流,伴着狂野的喊杀声朝狼蛛杀去。等他们鱼贯冲出后,各族的妖兵也陆续从海水中攀上陆地,或骑在据说是西昆仑遗种的碧眼昆鸡身上,或跨在陆地水族霸者望月犀牛精的背上,各自挥舞着巨大的战斧巨刃,汇集成一股无坚不摧的洪流,跟在苍狼铁骑后面朝狼蛛们冲去。

妖骑冲杀之时,碧眼金翅的巨硕昆鸡,羽翼带起呼呼的风声,铁一样的巨爪扬起一阵阵冲天的尘土。

那些身形同样巨大的犀牛战骑,铁蹄敲打在土面冰层上发出轰隆隆的巨响,像天空的怒雷,又像是永不停歇的战鼓。

不用说他们背上还有武力勇猛的血性战士,其实光这些战骑本身,就已是一股势不可挡的战力!

"一定要赢啊!"小言现在正和琼容一起会同妖军不停冲杀,心中只剩下这一个念头。

这时他也不可能想太多,因为身后那些妖军铁骑全都唯他马首是瞻。他冲杀到哪里,那些狂野的妖骑也一拥而至,如割草刈麦一样,将还在死力抵抗的狼蛛冲翻在地。

占地广阔的隐波洲上,面目狰狞的狼蛛战士,渐渐便被更加凶恶的妖骑分割得七零八落,到后来再也没有完整的军阵值得这些虎狼之骑合力冲击。见到这一情形,作为他们头领的小言便会同一干妖族头领,抛下大军,往深处杀去。

那些剩下的妖族战士，便自发地在一个狼面武者指挥下，分进合击，分割包围，如同久经操练的中土军马一样，无比娴熟地将一股股负隅顽抗的狼蛛势力彻底歼灭。

到了这时，那些巨身八足、恶形恶相的狼蛛妖物，在更加强大的妖族战骑面前，再无当初横行南海、欺压弱小的风光。看来，小言在南海引领的第一战，很快便要获胜。

再说小言，他朝密林中挺进时，回头看到妖灵们变幻莫定的阵形，不禁大为诧异，赶忙停下来问旁边的麒灵堂堂主坤象："坤象前辈，那位是？"

听小言问话，刚在冰上大施土属法术的麒灵堂堂主忙答道："禀妖主，那人名叫秅吉，乃荒外黑水草原的狼族统领。小吉当年曾跟随留侯大人东征西讨，官至游击将军，后来留侯仙去，他便仍回荒外统领狼族。"

"呃……请问这留侯，是不是汉代名将……"

"正是！小吉当年跟随效命的，正是汉初名将张良张子房。小吉当年跟着张大人，也学了不少兵书战策。呵，现在他又追随您，恰好您也姓张，真是天意啊！依我看，教主刚才这手海面结冰辟路的智谋，比张留侯也不差啊！"

"呃……"

听得坤象这番过誉之辞，小言倒有些不好意思，又想着他总是"妖主""教主"地叫自己，便诚声说道："坤象前辈，其实你叫我小言即可。要是客气一点，最多叫我一声张堂主，就足够我受用了。

"这回我来南海，实在不是为了称王称霸。上回感念众妖灵前辈盛情，一时口快应承担当贵族之主，事后每想起来总是惶恐不安。我一介小子后生，又有多少资历才能，敢出任一族的主宰？此事大大不妥，还请族中长老再好好商议一下！"

将两天来自己的心里话和盘托出，见坤象眼中露出不甘之色，小言便道："这事以后再议，现在还是对敌要紧！"

"是，遵命！"

杀敌途中这段小小插曲结束之后不久，小言一行就已来到隐波洲密林深处。

这一路上，小言发现，越接近林木间隐约看到的那座石山，他们遇到的抵抗就越激烈。

刚开始遇到的狼蛛武士大都是浅灰颜色，现在遇到的不少都漆黑如墨。这些狼蛛黑武士，不仅身形更巨硕，武力更强大，攻杀之时还会不停飞喷出蓝光闪闪的毒丝，神出鬼没，让人防不胜防。

虽然这些狼蛛武士难缠，但他们这一行人大都法力强大，遂也无大患。只是这一路行来，还是有几个充当亲卫的妖族战士，被奋力攻来的毒丝狼蛛杀害了。

"难不成那石山附近有什么古怪？"

快到密林深处石山近前，小言发觉指间久已沉寂的司幽冥戒，突然蠢蠢欲动起来。感应到这一点，他便更加狐疑，一剑飞穿一只狰狞杀来的狼蛛后，小言小心翼翼地分开了遮挡在自己身前的最后一蓬枝叶。

"这是？"

见着眼前情景，胆大包天的小言，也禁不住目瞪口呆！

第五章
餐霞饮火，看破梦里当年

原本固守的南海狼蛛，以为能支撑到水侯大军到来，谁知对方用了诡计，竟想出在常年高温的南海波涛中冻出一大片冰原，再用妖法撒上三尺厚黄土，在原本陆地骑兵无所凭借的茫茫大海上，凭空辟出一大片平整的陆地来！

这简直是一场灾难。

面对突如其来的变故，久居隐波洲的狼蛛即使平日再凶猛狠厉，也在滚滚而来的妖骑洪流前溃不成军。

就在小言、琼容合力攻破狼蛛茧之后不久，一队队猛兽妖神组成的强大骑军，就以摧枯拉朽之势席卷了大半个隐波洲。

妖灵精怪间生死攻杀之时，整个大洲上吼啸震天，搏击声四起，凄迷夜色里野兽绿莹莹的眼睛，犹如飞舞的鬼火。

血肉模糊的断肢残臂满天飞起，惯于夜视的妖灵战士们，不得不在奋力搏杀的同时，还要小心那些从天而降的断肢残臂。

这时，玄灵教羽灵堂延后出发的主力妖禽，也从伏波洲成群结队飞来，以泰山压顶之势朝负隅顽抗的狼蛛武士扑去。

由于狼蛛武士死伤惨重，整个战场上便犹如下起一场绿雨。混杂着少数法术绚丽的光华，狼蛛们天生的绿色血液带着点点奇异的荧光，竟将黑暗中的杀场装点出几分妖异的美丽。

略过这些惨烈的生死拼杀不提，战局过半，小言还有那些玄灵妖族的首脑便察觉出有些不对劲。

原来，隐波洲和四渎龙军驻扎的伏波洲相似，面积广大，洲中央都生长着一大片茂密的树林。黑黝黝的丛林中央，远远望去可见一座高耸的石山，在海洋包围下显得颇为高峻。

在刚才的攻击中，玄灵妖族的首领们都发现，似乎这些拼命拒敌的狼蛛武士，都以中央的密林为据点，向外死命防守。玄灵族的妖骑狼军在外围战场中纵横捭阖，往来如风，但那些狼蛛精怪仿佛无穷无尽，杀了一批又来一批，虽然战力比先前略逊，但一直这样有增无减，饶是玄灵战卒们骁勇非凡，长此以往也有点吃不消。

见得此景，白虎坤象跟妖族战士们交代几句，便和小言等人一起朝中央密林中进发，想一探林中到底有什么古怪。

这样的丛林探索，那些战力强大的犀精狼骑派不上用场，他们便在黑水狼王矩吉的率领下，在林外围剿那些死命抵抗的狼蛛武士。

再说小言、坤象几人，在密林中披荆斩棘，冲破越来越强的抵抗伏击，艰难来到密林中央的石山前，拨开眼前茂密的枝叶，忽见一派前所未见的奇景：高大嶙峋的石山下，竟是个方圆不小的深潭，深潭中一片红光耀耀！

这深潭，就像只底大口小的闷葫芦，从边上朝里面望去，只见潭底一片火红，火光明亮，定睛细看才看出那是一片翻滚的岩浆，正不停朝上蒸腾着热气。

虽然他们是居高临下观瞧，隔得很远，但小言还是感觉到脸上正被熔岩火光映得滚烫。那些岩浆流动翻滚时会冒出气泡，气泡破碎时发出的噗噗声响，在烤炉一样的深潭石壁上往来折返，传到耳中时已变得如轰轰滚动的闷雷一样。

如果只是看到、听到这些还不算什么，尤其让小言他们感到瘆人的是，本应一片死寂的火潭熔岩里，那些不停翻滚的火红岩浆中竟不断爬出无数腿脚齐全的活狼蛛！

手忙脚乱地劈翻附近十几个刚从潭底爬出的狼蛛，小言心中骇然想道："呀！真个天下之大无奇不有！这些狼蛛，竟像烤烧饼一样新鲜出炉！"

心中忖念时，不由朝潭底仔细看去，小言发现这些新生的狼蛛，从火热的岩浆中刚冒出时浑身还是火红通透，犹如一只只鲜红的小蟹，等它们从岩浆中爬出，顺着四边的石壁朝上爬时，就好像打铁铺中刚从炭炉中取出的铁器，火红的表面逐渐变暗，渐渐蒙上一层铁灰的颜色。等它们爬到小言附近的潭口时，浑身已变得漆黑如墨。

只不过，小言马上就没空再仔细观看了。不知是否感应到了他们的到来，原本陆续爬出的狼蛛突然间数目大增，潮水般跃上平地朝小言他们围来。见如此，小言他们立即朝后急退，准备先抵挡住眼前的进攻再说。

就在这时，忽听得红光直冒的深潭口传来一声清脆惊呼声："哇，好多妖怪，等琼容来跟你们打过！"

清脆声音一起，小言一个没捞着，身形格外灵活的琼容已并起脚，朝前一跳，嗯一声蹦进了深不可测的火潭！

一见此景，小言和坤象几人立即反身急攻，飞剑急舞，法术乱攻，奋力将附近的狼蛛扫除，重新奔到深潭边。

到了潭口探头朝下一看，却见琼容并没有将朱雀神刃化作神鸟骑乘，只是凭虚御空，在火风拂荡的深潭岩壁上跳跃飞腾。从高处看下去，小姑娘身形疾奔时有如跳掷的弹丸，身形稍缓时又像一只翩然滑翔的飞鸟。她所到之处，神刃急挥，焰锋暴涨，那些正沿着石壁奋力朝上爬的狼蛛，只好狼狈跌下，不情愿地重新回炉去了。

"哈！"见如此，小言心中略安，心想，"琼容虽然冒失，却不糊涂，手底下倒还真有些本事！"

虽然如此，小言还是担心琼容安危，便立即飞身跳下，想赶紧将小姑娘拉上平地。

就在他跃下之时，小言看到琼容已经盘旋而下，接近那团火热的岩浆。明亮的熔岩火焰，已将她的小脸照得通红。高热岩浆前，琼容却似不知道烫，在火热熔岩上方不远处停下，收起兵刃，对着翻腾冒泡的熔岩摇头晃脑，竟好像在跟什么人说话。

见此情景，小言自然大为惊讶。就在这时，却看到异变陡生！

熔岩忽然涌起一股巨浪，滚热的岩浆就像一头蛰伏已久的猛兽，突然张开魔爪，朝上方不远处的小姑娘凶猛扑去！须臾之间，挟带着致命热风的石火熔浆，就已奔到了琼容脚下！

说时迟那时快，就在柔软凶暴的熔浆及身之前，小言疾飞而下，一阵风般地从琼容身边刮过，转眼之后便将迷迷糊糊的小姑娘提着衣领放到了潭外平地上。

"谢谢哥哥又救了我！"

到了潭外，琼容知道小言刚才救了自己，便跟他诚心道谢。只不过此时她这个胆大包天的哥哥，却已被她吓得半死，七魂中倒去了六魂，根本没留意她嘴里在说什么。

等小言好不容易缓过神来，正要好好叮嘱琼容以后不可孤身犯险时，却被她抢在前面说道："哥哥，那只大蜘蛛好凶！才跟她说了一句，她就来打

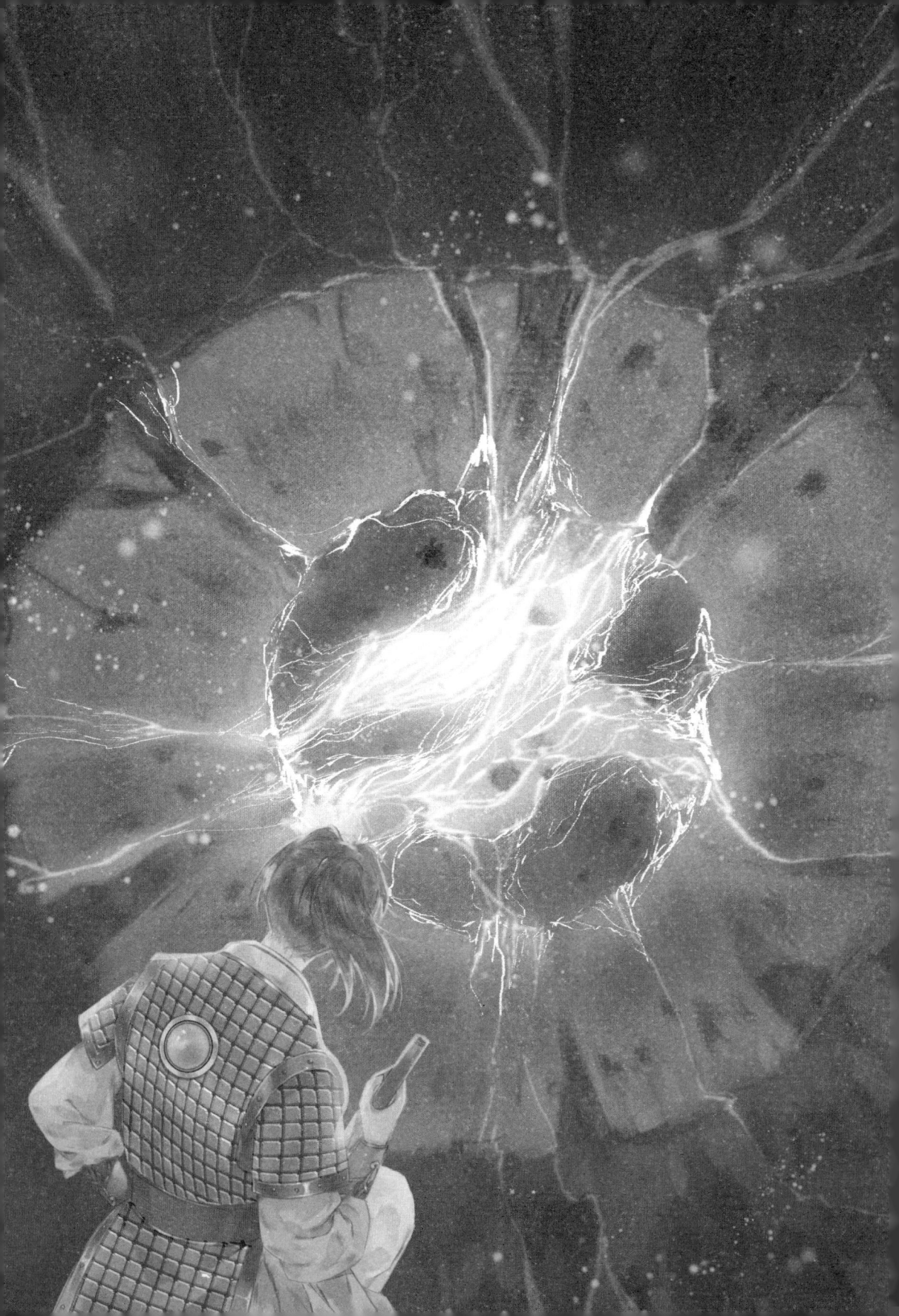

琼容!"

琼容口中说着莫名其妙的话时,坤象、殷铁崖等人也围了上来。听得此言,大家心中俱是一动,几乎不约而同地涌到潭口朝下望去。

深潭底部那团翻滚不定的火热熔浆,细看之下竟似乎有鼻有眼,好似一只巨型的火焰蜘蛛!岩浆中有两点格外明亮的火光,闪动飘忽,就好像蜘蛛的两眼。占据潭底的火热熔岩,圆团有形,似是蜘蛛浑圆的身躯;那些纷飞飘动的火苗焰丝,就好像千百缕喷吐而出的蛛丝。

如果说这些还只是略有形似,接下来的变故便立马证实了大家的猜想:就在众人观看之时,那团浑似蜘蛛的熔浆,忽然从混沌难分的火浆中伸展出八条火焰缤纷的巨足,顺着小言、琼容刚才逃离的路线,辗转向上攀援,仿佛想追上刚才那两个侵犯她领地的不速之客。现在火炉一样的深潭里,正回荡着一声声愤怒的嘶嘶鸣响。

看来,这团火热岩浆确是一只巨蛛无疑!

这时见她舒展手脚来攻击,小言等人尽皆小心戒备,准备以静制动,等她攻到近前时再将她肢足斩断。

此时火潭中火风霍霍,诡秘莫测,所有人都不敢再轻易坠下攻杀。急着报仇的琼容,则被小言坚决安排在身后,不让她再跳进深潭里。

就在守株待兔时,那八条闪着火光的巨足终于接近了潭口。

只是,等它们接近潭口之时,速度却忽然慢了下来,在闷葫芦嘴一样的潭口附近摇摆不定。似乎,潭底那只火焰巨蛛也在迟疑,不敢将手足伸到潭外。

"是了!"

见得这一情景,尤其是看见那几对火焰巨足碰到潭外空气,立即就像被毒虫蜇了一样猛然缩回去时,经验丰富的白虎灵坤象便知道,不知何故,这只孕育隐波洲狼蛛精怪的火焰蛛母,并不能攻出潭外。否则刚才外面杀得惊天动地时,这只灵力强大的蛛母不可能只躲在深潭里不出来相助。

正在心中判断,转眼间蛛母炙热的身躯已经迅速膨胀,涨到石潭大半时才停下。这时候蛛母身下爬出的狼蛛更加稠密,犹如千万只虱子般朝上拥挤爬来。可能是因为距离变近后来不及冷却,那些被催生的狼蛛身上竟闪动着血一样的淋漓水光。

不要说小言、琼容,就连见多识广的坤象、殷铁崖看了之后,也不禁一阵头皮发麻。也不用相互招呼,众人立即各施绝技,想将火焰蛛母和那些密集的狼蛛消灭。

只是,尽管众人使尽浑身解数,却仍是进展缓慢。

白虎山灵招来的山岩巨木,暴雨一般砸进深潭中,却在须臾间被蛛母炽热的火焰化为烟雾;天空的王者鹰灵殷铁崖,袍袖急舞,唤来刀锋一样的罡风朝深潭中铺天盖地轰去,谁知却只是将奇异蛛母的火焰熔浆吹得更加明亮。

反倒是小言借助瑶光神剑激射而出的飞月流光斩,让那只天生地养的蛛母忌惮。每当那些白月一样的光轮飞旋而下,火焰蛛母才笨拙地挪动身躯,意图躲过它们。

现在小言已能随心所欲地操控那些夺命月轮,即使蛛母常常虚化巨大身躯的某一部位,但十有八九还是会被月轮击中要害。勾魂夺魄的光华,每每在火焰蛛母身上穿透一个大洞,便让它发出一阵阵刺耳的嘶鸣。

只是,虽然小言攻击得颇见成效,但这只不知在隐波洲密林中盘踞了多少年的火焰蛛母,极为顽强,身上被击破那么多,却仍然不管不顾地朝上爬。

在这当口儿,那些孕化催生出的凶狠狼蛛数目不减反增,从火热的熔岩身躯中蜂拥而出,成群结队地朝潭口爬来。

这些蛛母的子孙现在也学乖了，并不攻击这些灵力强大的入侵者，而是越过他们飞快朝密林中散去。

见此情形，被小言极力留在身后的小姑娘，自然冲上去一阵乒乒乱打，只是狼蛛实在太多，一时间也扑打不尽、烧不光。

这样的情形没持续多久，众人便听到身后密林外传来的狼蛛特有的惨鸣声中，渐渐地夹杂起妖兽禽怪的哀鸣。看来，在这些有增无减的狼蛛增援下，远来攻击的陆地妖族，伤亡也渐渐多了起来。

小言此时更着急，情急之下不由得急速开动脑筋，极力想剿灭眼前这蛛妖之源："要不暂时退后，先将密林砍光，也好让狼骑突袭？或者想办法把海水引过来，灌进这烈火深潭？还是……"

小言的手不停挥舞，脑袋里却在胡思乱想，各种匪夷所思的念头纷纷闪过，只是一时间也想不出一个特别快捷有效的办法。

他面对的那只身躯臃肿的火焰蛛母，似乎头脑并不简单。她现在已缩到深潭中去了，不再试图攻击潭口之敌，而是加紧催生育化那些蛛子蛛孙。

眼前的形势，一时僵持下来，战局似乎正在朝不利小言他们的方向发展。

"难道今日我和玄灵妖族道友们的首次征战，就要以失败告终？"

面对眼前的意外强敌，初次独当一面的小言，也不禁焦躁起来。

就在这时，正极力激发飞月流光的小言，只觉指间一阵震动，还没等他反应过来，就看到眼前一阵光华闪动，然后面前就突然平地漫起一团黑雾！

"是宵芒！"

等幽冥一样的黑雾弥漫开来，几乎将高耸的石山也笼罩在内时，小言和其他人便见到黑雾中突然现出了一位面貌狰狞的幽冥巨灵！

"各位别怕！"

一见山丘一样的身形、血盆一样的巨口，还有满眼直冒的凶光，小言赶紧跟身边那些妖族首脑解释："这是我四海堂中的记名弟子，幽灵鬼王宵芒！别看他名号吓人，其实……"

话音未落，却已听浑身披着鬼甲、霸猛非常的鬼王挥舞着斩魂巨斧，低头朝下问好："鬼仆宵芒，请主人安！"

此言一出，本就骇然的妖族首领，心中更是震骇非常。

"鬼仆？"

小言此时不及观察众人反应，正当他想回话让宵芒不必客气时，却见心急的鬼王已转过身去，突然轰隆一声如一座山丘倒下，俯身覆盖在整个火潭潭口上。

"宵芒你这是？"

忽见宵芒做出这样古怪的举动，小言心中大讶，急忙问他。只听从宵芒巨硕身躯下传来一句瓮声瓮气的回话："主人莫急，且稍等一下，等老宵把这蜘蛛吃掉！"

听得宵芒这句话，小言愕然，一时竟想不到如何回答。

片刻后反应过来，小言却一时大惊失色！鬼王虽然法力无穷，冥力强大，但毕竟还是幽灵一类。幽灵一流，如非至强，遇到强盛的阳气灵机时难免会烟消云散。宵芒现在身下盖住的火焰蛛母，火气蒸腾，正是至阳之物，乃是幽灵克星。宵芒这般冒失，恐怕……

正担心着，小言便见眼前横地而倒的鬼王突然一阵抽搐，浑身剧震不止，似是十分痛苦。

见得此景，小言更加着急，赶紧大声呼叫，让宵芒赶快起身退下休养，不要硬撑对敌。

只不过，听得小言大声呼喝，倔强的鬼王仍然坚持掩住潭口。虽然浑身剧颤,却仍是死命不退。

见这样,小言也无法,只好停住呼喝,和坤象几人一起等待此战的结果。这时,因为潭口被宵芒堵住,已经再无狼蛛涌出。

就在众人瞩目中,渐渐地,横覆在潭口的鬼王身躯逐渐起了变化。他那阴风森森的黑袍袍甲掩盖下的身躯,渐渐变得通红透亮,犹如一块烙铁放在了热炭上,正逐渐被烤红。等鬼王的身躯变得红光耀目,让人几乎不能直视之时,却忽听他传来一声闷雷一样的话语:"好了!"

话音未落,就见鬼王突然拔地而起,踉跄两步,重新矗立在众人面前。

"呀……"

见宵芒无恙,小言急匆匆跑到火潭边,探头朝下一望,见原本火气蒸腾的深潭里已是一片死寂,不仅先前的火焰蛛母不见踪影,连那些狼蛛也荡然无存。再朝前探探头,觉得有一股冷气迎面吹来!

现在,只有身旁高耸矗立的鬼王,朝四下散发出一阵阵刺入肌骨的火炎之气。

忍着一阵阵吹来的炎热火风,小言正要细问宵芒有没有事,一仰头,却见幽灵鬼王此刻正紧咬牙关,面上黑一阵红一阵,似乎正极力作法化解那些极炽的火炎之气。见如此,小言便把涌到嘴边的关切话咽下,想等他作完法再问话。

这时候,从后边奔来的那小姑娘却一时没看清鬼王状况,跑到哥哥身边仰起小脸好奇地问道:"宵芒叔叔,那只冒火的蜘蛛好吃吗?不会烫嘴吗?"

听得这话,鬼王却没回答,只是侧过鬼脸,极力朝一脸期待的小姑娘挤出一丝微笑,然后便略转头,对着一脸关切的小言,努力开口说出一句话:"我……好像记起以前的一些事了……"

正是：

五百年谪在红尘，略成游戏；

三千里击开沧海，便是逍遥！

第六章
海日摇波，催来仙阵云盔

刚刚吞噬火焰蛛精的鬼王，浑身火光直冒，通体透红，小山般的身躯矗立在深潭前，犹如在黑夜中竖起一根熊熊火柱。

等透体的红光略微转淡，曾告诉小言自己已迷失本性数百年的狰狞鬼王，忽然若有所思，垂着笆斗大的头颅静立一阵，然后从血盆大口中吐出一团烟云火气，说道："我……好像记起来几件重要往事。"

"噢？"听得此言，小言也很替他高兴，忙问，"记起来什么？"

"我记起来很多！我想起——"

听小言问话，正要滔滔回答的鬼王宵芒，许多话刚到嘴边，却突然一下子卡住，一时竟连一个字都蹦不出来！

这样的情景，就好像梦醒后想讲给别人听，却发现脑袋里一片空空，什么都记不起来。

粗豪的鬼王顿时憋得直在原地猛转圈，看在琼容眼里，浑像只狂转的大风车。

见宵芒急成这样，小言忙安慰他："别急，一时想不起来也不打紧。反正都忘了好几百年，不妨再等等。毕竟你是鬼灵，刚吞了至阳火精，现在还是先作法运功炼化才好。"

小言见鬼王脸上红一阵黑一阵，颜色诡异多变，很是担心，便关切提醒。谁知他话音刚落，鬼王却已叫了起来："是了，我想起来了！多谢主人提醒！"

自命鬼仆的积年鬼王突然大叫："我记起来了，原来当年我出得鬼巢，浪荡人间，正是要习得克制阳气灵机之技！"

想不到随便吃了只火精蜘蛛，就让自己想起这些年出外远游的最大目的，宵芒鬼王顿时欢呼雀跃，咧开嘴诚心感谢小言："多谢主人！没承想我老宵才在你的仙气灵机下静修炼化没几天，就有了这么大作为！吞过这只火魂，想来离我克火神技大成之日不远矣！"

也不知是何来历，外貌粗犷的鬼王竟也能说出这样文质彬彬的话语。

宵芒鬼王现在正是兴奋非常，原本恶形恶相的鬼脸上竟现出几分孩子气，呵呵傻笑几下，便呼一声弯下腰来，将琼容扛到肩上，跟自家主人打了声招呼："呵！刚吃了东西，得去活动活动！"

不待小言回答，宵芒便转头问端坐肩头的小姑娘："叔叔带你去打妖怪，怕不怕？"

"当然不怕！"唯恐天下不乱的小丫头自然是一脸无畏表情，"谁怕谁是小孩子！"

宵芒肩头十分宽广，手舞足蹈的娇俏小姑娘丝毫不怕碰着鬼王脸颊。

两人一番对答，还没等小言说话，鬼王竟呼哨一声，已带着跃跃欲试的琼容化作红光一道，倏然划空而去，转眼间已如流星般坠落在密林之后。

"这……"一老一少倏然不见，小言只好把刚到嘴边的那句"琼容你可要坐稳"吞了回去。

定了定神，回头一看几位妖族长老，见他们正是一脸惊诧，小言便忙跟他们解释："唉，别看鬼王年纪很大，也和琼容一样喜欢胡闹玩耍。"

"呵呵……"

听得小言之言，坤象、殷铁崖几人诧异之余，也不知该说什么才好。

过了一阵，才听千年白虎灵说道："张堂主，其实那鬼王说得没错。"

看来白虎坤象颇为识趣，先前小言表示了自己对"教主""妖主"之类的称号不习惯，他现在便换了称呼："说起您那出神入化的仙气灵机，确实是夺天地之造化、日月之精华。往日在罗浮山，每回您端坐山崖，汇聚炼化天地元灵，我们山中这些愚昧后进便都跟过节一样！"

听坤象这话，小言好奇问道："那是为什么？"

坤象答道："因为跟着堂主炼化，往日我们要花费数十年工夫才能吸取的天地精华，往往几个时辰便可以完全吸收！再加上聆听堂主宣讲灵微大道，我们这些走兽禽灵才能这么快便参透天地玄理，劈破生死玄关！"

"哈！"

本来坤象、殷铁崖这样的人物，对小言来说都和前辈高人一样，听他这般说话，依着小言本性，便要惶恐逊谢。只是这两三日他引领群妖，不自觉中倒培养了几分气度，再加上白虎长老这番话说得极为谦恭，小言也只好凑趣地哈哈大笑几声，然后才谦逊几句。

就在他们对答之时，身后密林外的哀号声忽然变大，凄惨的呼号声中，还不时有狼蛛大叫："有鬼！有鬼！"

听得那些狼蛛如此叫唤，小言几人面面相觑之后，终于忍不住放声大笑起来！

火焰蛛母被除掉，强大的鬼王又投入战斗，过了没多久隐波洲全洲的狼蛛战士便一败涂地。

被秋风扫落叶般扫荡后，这些狼蛛发现大势已去，再听到那个浑身神光缭绕的少年劝降时，便再没了当初的暴戾之气，一个个乖乖地弃械投降。小言与玄灵妖族在南海主动出击的第一战,终于以他们这方大获全胜而结束。

当得胜的妖骑在隐波洲上往来炫耀奔驰、琼容骑在鬼王宵芒肩头满天乱飞时,黎明前最黑暗的时刻终于过去了。

月落西天,波涛汹涌的南海大洋迎来了新的一天第一缕鲜红的曙光。从东边高耸的碣石上朝东方望去,小言见到黝黑的海面仿佛一下子被照亮,一条粼粼闪动的光路正从亿万里外飞驰而来,将他和遥远的海日转瞬连接在一起。

当旭日的光辉拂水射来之时,刚刚吞噬了火精的鬼物阴灵宵芒,示威般朝东边海日初起的地方盘旋飞翔了一段,然后才披着一身霞光,回到伫立在海边礁岩的小言面前,将肩头意犹未尽的小姑娘放下,行了个礼,便腾空团身缩小,又化作青烟一缕,重归到那只幽幽闪光的司幽冥戒中去。

这时候小言再看指间,便见黑玉戒面中,纠结交缠的暗黑云霾里带上了几分火烧一样的霞色。烟霾流转游移之时,竟如一条张牙舞爪的赤龙,正盘桓在那个幽渺玄冥的空间。

"嗯……"

望着司幽冥戒奇妙的变化,再想想鬼王之前说过的那句话,小言想着想着,忽然有些出起神来。

就在这时,从东方霞光粼粼的海涛洋面上,忽然飞驰来几十骑银盔银甲的武士。他们迅疾如风般渡海而来,转眼间就已来到正在发呆的小言面前。

"小言兄!"

神骑驰近,为首一将也不下马,勒马立在此起彼伏的波涛中,高呼一声将小言从沉思中惊醒,问道:"战事谐否?"

小言闻声抬头一看,发现发话之人正是彭泽少主楚怀玉,便禀礼笑答:"承楚兄牵挂,隐波洲已经攻下。不知楚兄息波洲那边战事如何?"

"哈！"听小言问起，楚怀玉哈哈一笑，昂然回答，"战况如何，你又何须再问？只看我浑身上下，便知息波洲战事如何了！"

楚怀玉此时身上一尘不染，银鳞甲银兜鍪依旧明光锃亮，就好像不曾经过一场大战一样。他身后那几十个亲骑侍卫，也个个精神抖擞，盔胄整洁，浑不似刚刚大战归来。

小言抬眼观看之时，见这些彭泽龙骑与先前出发时唯一不同的地方，便是现在各个鞍桥上都新挂着十几只青黑的牛角。想来，这些弯转的牛角都是从息波洲海牛妖头上切下来的。看来，彭泽少主的息波洲战事亦是大捷。

正当小言打量时，只听彭泽少主说道："张兄，我此来只为看看隐波洲战局，以免你久攻不下，误了龙君大事！"

"呀！"正当小言闻言要答话时，却听旁边琼容忽然叫道，"真笨！仗打完，倒忘了让哥哥先洗个澡了！"

原来琼容见楚怀玉浑身上下纤尘不染，再看看自家哥哥，虽然盔甲依旧光彩好看，但往脸上一瞧，就显得不太好看了。小言哥哥原本白净的脸上，现在被蛛血烟火熏染得横一道竖一道，和那位白玉般的楚哥哥一比较，倒像是以往不小心在尘土里玩耍过的自己一样！

见这样，一心为自家哥哥争胜的琼容就觉得，这事情完全是她的失策。刚才她不该只顾着陪鬼王叔叔玩耍，竟忘了让小言哥哥洗个澡再见客。

"哈哈！"

正当小丫头懊悔不已之际，楚怀玉听了却忍不住哈哈大笑，心道："生死战场中，竟有这样儿戏可笑的话？"

好不容易忍住笑，道了声"你们兄妹慢聊"，楚少主便一振缨辔，掉转马头，和手下龙骑如飞而去。

"呀！"见楚怀玉这番洒脱举动，小言忍不住在心中暗暗赞道，"历大战而纤尘不染，访小洲又飘然来去，这彭泽少主真神人也！"

只是心中大赞的小言却不知道，表面淡然的彭泽少主催马奔回息波洲途中，心中也在忍不住暗暗惊奇："怪哉！那些妖族的狼骑昆鸡，在水战中自然比不过我麾下龙骑。只是却不知，他们在这茫茫大海中怎么能立足冲击……"

原来冰夷在隐波洲外施法冻出的一大片冰原，到这时早已被南海温暖的海水消融得无影无踪。等彭泽少主快马而来时，只看到隐波洲四起的烽烟、垂头丧气的狼蛛，还有耀武扬威的妖骑，自然想不明白其中到底是何道理。在妖兽禽灵"妖主""妖主"的狂呼乱叫声中，以他的个性，自然是开不了口询问小言原因的。

就在隐波洲被全数攻下之后，小言便请玄灵教令使花间客应小蝶，前去伏波洲给云中君报信。当裙袖飘飘的花间仙子，沐浴着鲜红的晨光朝东北方翩然飞去时，寒气凛然的黄河水神冰夷也跟小言告辞，说是按龙君吩咐，攻下隐波洲后他要速回，听候龙君的差遣。

"那我们呢？"听冰夷这么一说，小言急忙问他云中君预先对玄灵教有没有什么指示。

听他着急相问，黄河水神只是笑笑回答："我来之前，龙君已说过，此战不出意外必胜。等得胜之后，你们便原地驻扎，固守海洲，等待四渎大军到来援守。"

"原来如此！"听冰夷这么一说，小言心下释然，便送别冰夷，目送他在波涛中足踏双龙呼啸而去。

虽然此刻已知道云中君安排，但派花间令使走一趟也非冗余。大战之后跟主帅禀告一声，也算是全了礼节。

半个多时辰后，东北水路上，就见四渎大军滚滚而来，转眼就已密布隐没在隐波洲周围。

"呀……"

虽然这两天在郁水河和伏波洲,小言已亲眼见过四渎水军的军容,但今日这回亲眼见到冰夷口中前来援守隐波洲的四渎军马,还是一下子惊得目瞪口呆!

良久之后,他才缓过神来,忖道:"罢了,云中君老人家果然是神机莫测!"

这时候,小言已隐隐觉得自己明白了些什么。

正发愣时,忽听一声欢快的呼叫:"小言!"

燕莺般娇软的话传来,小言抬头循声望去,只见浩渺水波光影处,有一支军伍正破水而来,只不过转眼之间,他面前便已是仙风成阵,丽甲成群!

第七章
运筹帷幄，希冀龙战于野

龙战于野，其道穷也。

——《易经·坤》

曙光初现海日初升之时，小言平生第一回亲自主持的独立征战，终以己方大获全胜告终。当东方的朝阳从动荡海波冉冉上升，将满天流云映照成绚烂金霞时，四渎龙女灵漪儿也带着本部女卫亲兵随大队人马渡海而来。

"小言！"

正是人未到声先至，正当小言被耀彩的鳞波和仙兵神将身上炫目的光华照得几乎睁不开眼时，听得一个娇柔的声音正从海面传来。

听到这个熟悉的声音，揉揉眼睛，朝声音传来之处望去，便见荡漾金波中正飘来一支丽帜高扬的军伍。军前为首一员女将，正是灵漪儿。

小言在隐波洲再次看到这位龙族公主时，发现她已经换上了一身从未见过的装束：雪白的羽盔拢住青云般的秀发，霞光焕彩的银幻战甲包覆住娇娜的身躯，织金云霞水莲纹的披风在身后飘卷如锦，足下两朵粉莲花，凌波渡水，托住她温润如玉、白皙赛雪的赤足。春蚕蛾眉上粉白玉额前，垂挂下十数绺璎珞金铃,流光飘逸,清响玎玲。眉心间则是一点丹红花钿,形如映霞水滴,画龙点睛般将本就娇婉韶秀的神女,衬托得更加柔媚动人。

"……这是不是在梦中?"

往日与自己惯熟的女孩忽然间变得神光四射,艳采耀霞,一时间只让小言觉得有些如真似幻,恍如梦游。看来灵漪儿往日说的四海驰名,也不是什么哄人大言。

"小言,别只顾发愣呀!"

小言怔怔出神时,神幻嫣然的灵漪儿从耀眼霞光中脱颖而出,站在面前的海波中载沉载浮:"你看,我这身新换的莲花裙甲合身吗?"

神光幻影的女孩,在烟波中轻盈一转身,身后披风席卷如云,额前璎珞玎玲作响,满溢无限活泼生机。

"这……"从一时的目眩神迷中清醒过来,小言赶紧向四渎公主赞道,"合身,很合身!"

只是,虽然神莲战甲再合身不过,勤于思考的小言还是有些建议。

只听小言说道:"灵漪儿,合身是合身,只是一会儿就有大战,你额前璎珞上系着的金铃,是不是太响?"

"呀!"小言只一提醒,冰雪聪颖的灵漪儿便立即会意,赶紧玉腕一挥,将玎玲作响的细小金铃抹去。刀光剑影的战场中,确实不能只顾好看。

"对了,她们是?"当灵漪儿开始跟琼容问候说话,咿呀谈论各自衣着时,小言便问她身后那些女兵的情况。

小言才一发问,灵漪儿身后军阵中便忽然奔出二人,掠过波峰迅疾来到他面前,不待小言有何反应,倒身就拜:"四渎龙女座下白华、水碧,参见张堂主!"

见这两位云盔丽甲的女将拜伏在自己面前,小言一时禁不住手足无措。

幸好这些天被玄灵妖族看重，不知不觉中也养出些气度，短暂局促后小言答应一声，赶紧请她们起来。

这时灵漪儿也反应过来，有些怪自己不该只顾拉家常，一时倒忘了跟小言、琼容他们介绍自己这些亲卫女将。

听过灵漪儿介绍，小言才知道她麾下原来还有四名女仙，名为白华、水碧、银霜、红蓼。在四渎神族中，这四位仙媛各有职司：

白华仙子为破冰之神，主冬去春来时湖溪破冰之务；

水碧仙子为澄江之神，负责大浪淘沙，澄净江湖；

银霜仙子为静浪之神，主风平浪静，助水上商旅风帆；

红蓼则号为明湖仙子，专掌江湖水植生机，助水族藻类生长。

昨天夜里，四渎龙君从陆地水族各处调来的大军陆续到达。四位四渎龙女嫡系女仙中，银霜、红蓼两位仙媛留守，白华和水碧则领着各部妖鬟女将，来南海伏波洲听灵漪儿调遣。

听过灵漪儿介绍，小言再瞅瞅眼前这两位水族仙子，发现水碧仙媛身形娇小，腰若柔纤，头上并无盔帽，绿云成堆的发丝间只简单簪着一支碧玉钗，玉色宛如碧波流翠。她身上那袭浅碧襦甲上，用一根银白丝带，束起一抹嫩黄腰裙，围住纤柔的腰肢。

与她同来的破冰之神白华，则是头上一顶银兜鍪，身上一袭淡色凤尾裙，足下蹬一双白丝分云屐，打扮甚是素雅。

第一眼看上去，小言觉得水碧仙姝姿态轻婉，眼眉灵动，性格应该比较活泼；白华仙子则目光淡定，神态颇为端庄静穆。

就在小言打量水碧、白华之时，这俩仙姝也在打量他。

观望之时，水碧仙子毫无避忌，乌黑眼珠溜溜转动，将小言浑身上下细细打量一番。站在她旁边的姐妹白华，则是在小言跟她问好时才看了他一眼。虽然观看方式各不相同,但看过之后这两位仙姝几乎在心里异口同声地评价道:"这男子,虽然不是彭泽楚少主那样的粉面玉郎,却也不失为一个英气勃勃的清隽好男儿!"

小言却不知她们心底这番评价,初次见到两位女仙,小言跟她们禀礼问好之后,便满心佩服地跟灵漪儿说道:"灵漪儿,以前还不知你有这些仙子部下。"

"那当然!"灵漪儿还未回答,水碧仙媛却已经抢先嬉笑答道,"张堂主,灵漪儿姐姐和您上天入海时,用不着我们这些粗蠢婢子在一旁推波助澜,现在上阵杀敌,我们姐妹却会同仇敌忾!"

原来灵漪儿性情随和,平时和这几个部下水仙都以姐妹相称,平日说话也从不计较尊卑。

水碧仙子玉手轻舒,朝天伸了个懒腰,抱怨道:"呀,早知南海炎热,就不穿这腰裙来了!"

听得她这话,灵漪儿便笑她:"水碧小妹,不着腰裙如何可行?提防你那细腰,不小心被海风吹断!"

见公主提起她的纤纤细腰,水碧有些害羞,红着脸嘟着嘴不再说话。

就在灵漪儿她们几个笑闹说话时,琼容这次倒有些认生,叫过一声"水碧姐姐""白华姐姐"后,便躲到小言身后不肯再说话。

等这番初见笑闹结束,小言才终于有机会说起正事来。

刚才在灵漪儿到来的时候,他就已经发现海浪烟涛中这两天络绎而来的四渎大军,之前几乎都没见过。

原来他还以为,云中君在郁水河、伏波洲聚集的军马,已经是此次攻击南海的全部人马,却没想到短短一夜之间,又有这么多前所未见的强大军马浩荡而来。

"为什么昨天白天的那场大战,不早些让这些神军上场?"

想起昨天那场艰苦卓绝的大战,小言仍然心有余悸,再看看眼前井井有条、不断没入浩渺波涛的神幻战兽军卒,小言便心生疑窦。疑惑之余,他便跟灵漪儿问起此事。

听他问起,青春俏丽的灵漪儿便正色答道:"小言,我正要跟你说这些事。我这次来,一是想助你一臂之力,另外便是要捎一些爷爷的口信给你。"

"嗯!"见灵漪儿说话时神情郑重,小言的口气也肃然起来。

只听灵漪儿说道:"昨夜你们开拔攻打时,你曾问过爷爷一个问题,问我们为什么不游击千里,直攻龙域。现在爷爷就要告诉你为什么。"

"是啊!为什么?"小言闻言,精神大振。

"嗯,你别急,听我慢慢告诉你。我爷爷说,南海水侯野心勃勃,想称霸陆地水族已久,这次我们和他会战南海,并非只为一洲一岛,抑或一人一物的得失。此次攻伐,对于他这个陆地水族共主来说,是为了清除南海这些不以苍生为念的野心勃勃之徒。

"所以,能否拿下龙域并不重要,甚至能否捉拿住孟章也不重要。最重要的是,能否清除南海那些追随孟章,同样野心勃勃、一心称霸的力量。"

在转述云中君话语之时,灵漪儿也不知不觉用了云中君的沉稳语气:"小言你也许并不十分清楚,借着抵御鬼方之名,孟章麾下龙兵横行南海已久,欺压胁迫南海中良善的水族洲民,无恶不作,早已和孟章同声同气,成了一丘之貉。

"如果我们这回不把这些穷兵黩武之徒一并剿除,则如同留下毒瘤,日后会成心腹大患!"

"妙!"听到这里,小言心中已隐约知道了云中君大概是如何筹划的,只是具体的来龙去脉还不是十分清楚。

只听灵漪儿继续娓娓道来:"正因为这样的考量,爷爷说了,昨天那一战,正是示敌以弱,这样才能引得久胜骄横的孟章恼羞成怒,率精锐主力前来,在伏波三洲处与我方会战。你知道,孟章一向轻视我们四渎内陆水族的战力,肯定咽不下这口气,昨天我们撑得勉强,又能让骄横水侯不至于倾巢出动,把所有陈布在鬼方一线的重兵主力全部调动过来。否则,对我们十分不利。"

"原来如此!"听到这里,小言已恍然大悟。

原来云中君,打的正是诱敌深入的主意!

在心中琢磨了一下灵漪儿的话,做事同样不拘小节的小言不禁在心中大赞:"此计妙极!若是那孟章识机,认清四渎龙君大志,便会早早收缩回防,将所有重兵布防在南海龙域主城近旁各洲,死命防守,到时哪怕四渎力量再强大,要想攻下龙域也是千难万难!对四渎最好的结局,也只可能是两败俱伤!

"只是,以孟章的脾性,断然不可能这么做吧。"

对云中君这番筹划,小言正是大为赞叹。说起来,诱敌深入聚而歼之的计策也不少见,但在实战之中,一方主帅仔细把握对方主将的个性心理,知己知彼,却也并不是能轻易做到的。

这样看来,云中君果然智计过人。他说自己当年是龙魔大战中的军师智将,想来也不是大话。

正在小言心中赞叹之时,只见灵漪儿开始传达云中君给他们的任务:"小言,爷爷说了,今日之战,可说是南海与四渎之间的一场决战,参战的都是水族精锐。因此那些助你同来南海报仇的陆地妖族,便可在隐波洲暂时就地歇下,养精蓄锐,这一回不必再出战。"

一听此言,小言便知云中君用意。即将到来的大战恐怕惊天动地,陆地妖族即使再熟悉水性，也完全不可和那些龙族的精锐匹敌，再加上前一夜苦战，现在对他们而言，最需要的就是就地休息。

想到这点，小言又佩服起云中君的量材施用之能来。这时，灵漪儿要转达的旨意也快转达完了。

只听她认真提醒道："对了小言，爷爷还说了，过会儿战事一起，你肯定会参战。他让我转告你，'兵者，危也；战者，凶也'。这一战生死攸关，你决不可有妇人之仁。"

正认真传达爷爷旨意的女孩，说到这儿却忽然停下来，忍不住哼了一声，不满道："哼，爷爷就是看不起我们女子！"

小言听过她转达的云中君嘱咐，心里也十分清楚：这一战生死攸关，如果打败了，别提复仇锄奸之事，恐怕他们所有人都要溃败逃回内陆，等待南海龙族的残酷报复。

想到这里，小言忽然心中一动，想到一个十分重要的问题，这问题如此重大，一时间他来不及细想，便脱口问道："灵漪儿，你爷爷可曾说过，如果我们最终打败南海之后怎么办？难不成真将南海龙族连根拔起由四渎入主？"

"嘻……爷爷真厉害！"听了小言急切的问话，灵漪儿嫣然一笑，转去赞美她爷爷。

见她这样，小言正是一头雾水。幸好灵漪儿赞完后便立即说道："我是说爷爷居然早就知道你会这么问！他说了，打败南海之后，我们将会盟四海龙族，扶助南海龙族的大太子伯玉继任南海龙神之位。南海龙子伯玉，性格温和忠厚，最有王者风范！"

"妙极！"到此时，小言终于对云中君的整个筹划心悦诚服。

他也在心底暗暗下定决心："有这样的英明神君，我定要好好出力，希望能为雪宜，还有那些遇难同门早日报仇！"

再说隐波洲外的海路上，过了没多久，当最后一批由水伯冰夷率领的黄河精锐水卒在隐波洲外的礁岩海水中驻扎之后，所有浩荡而来的四渎大军，便全都在隐波洲内外的石林海涛中排阵隐匿。

这时，披坚执锐的武士，目耀神华的法师，锐影腾云的神兽，全都按捺下身形，在小言与妖族攻打下的隐波洲畔屏息静气，严阵等待即将到来的生死大战。

一时间，充盈着仙兵神将的隐波洲竟变得格外寂静，只听得到水声风声。

如此压抑的寂静，大约持续了半晌，所有人忽然听到，东边海面上似乎渐渐响起一阵雷鸣般的响动，如石磙滚动般从千里之外传来，渐传渐近，头顶晴朗的天空中，忽然阴云密布，转眼竟下起雨来。

他们，终于来了。

第八章
七星耀目，壮沧海之威神

大战前的等待总显得那么漫长，万般的紧张中似乎还带着一丝兴奋。混杂着这样奇异古怪的感觉，曾经混迹市井的饶州少年，终于等到了南海那批神异大军的到来。

其时，朝日隐没，黑云如墨，风雨如注。

惊心动魄之际，便连脚下广袤的大海也仿佛突然通了灵性，嗅出某种危险的味道，开始不安地动荡起来。

一时间，风声如沸，波涛如怒，伫立在浅滩海水中的少年，似乎只要一个站不稳，就会被诡谲无常的风波卷去。

听着诡异的风声，小言努力稳住身形，从礁岩后面探头观看。

不知是否是巧合，就在他刚刚探出头去极目观瞧时，那腾涌澎湃、黑暗如墨的海天交接处，忽有浮光一线，初时浅白细长，渐转渐亮，渐转渐阔，转瞬间就好像冥冥中有一声惊雷炸响，轰的一声，数以千万计的神威甲士、凶猛蛟龙突然从海天交界处出现，如潮水般朝隐波洲汹涌而来！

不用说，狼蛛族和海牛族的漏网之鱼，早把隐波、息波二洲沦陷的消息传回给了南海龙族。

见南海水族攻来,早就在隐波洲外严阵以待的四渎龙军,不敢懈怠,从天空、海面、水下三路奋起迎击。

这一下听在小言耳中,就好像天地间突然响起砰一声巨雷,然后天下两大水族的军卒战兽便绞杀在了一起。

战事一起,小言自然立即投入战斗。他奋起四筋八骸中的太华道力,将那把来历不明的封神古剑漫天飞舞得有如飞龙,神剑冲杀之时,一团团飞月流光飞洒而下,击向那些冒失前冲的南海水族。

遥控飞剑之时,小言也留意观察了一下这回攻来的南海神兵。只不过大略一瞧,他便发现今日攻来的南海水军与昨天的大不相同。

昨天那场大战,虽然打得十分艰苦,但攻来的南海水军大都是虾兵蟹将,除了数目众多,战力其实不怎么样。要不是因为其中少数海神驱驰得当,再加上那些虾兵蟹卒仿佛无穷无尽般铺天盖地而来,己方这些刚刚到来的四渎水军也不会打得那般艰难。

今日的情形则完全不同。小言的头顶天空上,力大无穷的赤蛟黑螭遮空蔽日,在浩大的海空中自由翱翔,飞凌扑杀。对面海上海下,鲜衣雪刃的神兵神将数以万计,压迫攻来之时神刃闪华,各种古怪的法术层出不穷,绝非那些只知蛮力杀敌的虾蟹可比。

除此之外,又有千万计还未修成人形的海族生灵,如乌鳢乌贼、海豨海豚、水咒水母,獌狿琐鲐、洪蚶紫蚖,依附在那些法力强大的海神兵将周围,替他们掩护厮杀。

百忙中小言看得分明,这些半成人形的海妖中,只龟鳖一族便自成一个军阵,无论是蟏蟒鼋鼍、玳瑁巨鳖,还是赑屃龟鳖,全都密密匝匝地挤在一起,用它们特有的坚硬甲壳,为缺少依托的主力大军搭出一座牢不可破的海上浮城!

在迅疾建起的龟甲浮城四周,深不可测的海水正在剧烈地动荡,惊涛暴骇,涌沸凌空,显示出海面之下也在进行着殊死的搏斗。

见到这样的情形,小言现在心中已经恍然。

看来,这两天中不仅仅云中君用了谋略,南海龙族排兵布阵时也用了计谋。昨天云中君示之以弱,南海同样也是用大量低级军力消耗远道而来的四渎水军军力,然后在远来攻伐的四渎龙军缺乏补充的情况下,再派主力精锐倾巢出动,希图以巨山压顶之势将对方击得粉碎。

从这点来看,南海孟章水侯果然身经百战,并不完全轻敌。在南海水域中广泛流传陆地水族战力低下的情况下,他还能这样有耐心地分段次第攻击,也非是常人所能为。

只是,有一点他却没能料到,那便是四渎一方也同样筹划着分段进击,拼力抵抗住前两波攻击之后,一夜之间,就调来大量早就预备好的精锐龙军,迎头痛击这次攻来的南海龙族主力。

双方军帅首脑这些斗智斗勇的谋划,对眼前这些正在战场中苦苦拼杀的生灵来说,并没有多少直接的作用。对他们来说,只有打起全副精神、使出浑身解数,才能生存下来。

两军交接,不过才一小会儿,战况已是惨烈非常,超出了小言以前所有的想象,真是:

鲸鲵潜而乍见,蛟螭涌而竞游。

灵鼍出没,朱鳖争浮。

腾龙掣水,巨鳞吞舟。

湍转惊日月,浪动覆星河!

只不过片刻工夫,隐波洲外清蓝的海水便被各色鲜血搅得污秽混浊。血光迸溅鲜血横流之时,出身山野的小言眼前便呈现出一派奇特的景象:湛蓝深碧的海水,如同一块幕布,一朵朵鲜艳的血花在其上静静地绽放。

开绽舒展之时,就好像春日的草原被施了顷刻花开的法咒,五色的花苞,在清风中向四外舒展着柔软细长的花瓣。

随着不同颜色的血花延展绽放,更多的鲜血流淌搅拌,这些开满诡异花朵的海水幕布也不停地变换着底色。

"嗷!"

正当小言看着奇异诡丽的画面有些出神时,忽听耳边一阵风响,伴随着一声怪叫,自己左肩飞过一只软体海妖,在眼前那块画布上吧嗒落下。海妖在海面上砸得粉身碎骨,又在深稠的画面上添上一朵鲜蓝色的花朵。

"呃……"

见此景,小言回头一看,恰见琼容站在自己身后一丈开外,正皱着鼻头跟他抱怨:"哥哥!要专心呀!"

"呵……"暗道一声惭愧,小言不好意思地笑笑,赶紧跟小妹妹真心道歉。

听过哥哥保证不再发呆专心打仗,神勇无比的琼容便又一脚跳起,驾着她的火焰朱雀朝敌军杀去。

经历刚才这次意外,小言现在打起了十二分精神,留意观察那些越过四渎防线的少数敌军,防止自己再被他们偷袭。

略去四渎水军与南海神兵之间轰轰烈烈的厮杀不提,只说这战场中与小言相关几人的战况。

首先便是刚才奋力杀了那只偷袭小言海妖的琼容。也不知为什么,这个平时对堂主哥哥百依百顺、时时乖巧可爱的小丫头,一上了战场,竟是出乎想象地勇猛凶暴、疾恶如仇！

刚才大战刚刚发起时，早就憋足劲的琼容就像离弦利箭般冲了出去，一边朝敌阵冲锋，一边唤出那两只朱雀神鸟，一只作为坐骑，一只仍显作刃形，一脸凶狠地朝敌阵杀去。

跟随小言多时，不知是不是受了小言至清至纯的太华神力感化，现在她手中那把朱雀小刀，早已能随着她自己的心意催化成四五尺长的火焰长刀，刀锋上火光耀耀，炽焰腾腾，执在她那只不成比例的玉白小手中，挥舞时带着勾魂夺魄的啸鸣，遇着那些同样强横的海神也丝毫不落下风。

那些海神兵将如果来不及格挡她的朱雀焰刃，被她打到身上，便顿时在炙热的火焰下化作青烟一道，又或泡沫一堆，在海面消散！

小姑娘可能天性通灵，虽然在战场上冲突之时，有时细眼蒙眬，一副没睡醒的样子，但偏偏十分知机。那些神力高强的海灵见部下纷纷毙命，暴跳如雷地要来找她报仇时，小姑娘却早已滑溜得像条鱼儿一样蹿得老远，专找那些她打得过的下手。

与小言朝夕相处，琼容早就把"打架时安全第一"牢牢记在了心里！

那些愤怒的神灵，即使有心专门来寻她厮杀，却也从来捞不着。因为模样可爱的小姑娘，和她那只羽焰缤纷的朱雀神鸟宛如一体，趋退之间往来倏忽，如同鬼魅，他们基本上连她的裙边都碰不着！

看琼容妹妹身形宛如游魂，即使不能杀敌，回身逃窜还是没问题的。又想了想战前自己已跟她反复叮嘱过"打不过就逃"，小言对一向听话的小姑娘便完全放下心来。

只是，小言这时还不知道，小姑娘何止是不用自己担心，往后的日子里，火神奶奶琼容简直是南海神众谈之色变的一尊杀神！

再说灵漪儿。此刻四渎龙女正在小言附近一处海面上，被麾下女卫护在中心,专心向天空中那些肆虐扑击的南海蛟龙发射光箭。

听过爷爷紧急传授的一些大战经验,此时四渎龙女已如同换了个人,按着以静制动的驭箭攻敌要领,不急不躁,气柔息定,静静运起月华回真术,在华光烂然的神月银弓上凝出强大的光箭,然后轻舒玉臂,将坚韧的银弓拉成一轮满月,射出充分蓄势的神箭。

这样激发的光箭,挟带着七彩的珑光,摩擦着空气发出有如龙吼的鸣啸,朝敌人飞驰如电。接近目标之前,水魄冰光一样的神箭便会光华大盛,有如出云明月,射出白光一柱,将敌人牢牢罩住,若是法力低微些的敌手,当即便动弹不得。

这之后宛如新月尖般锐利的冰光箭头,便会忽然化作龙虎狻猊之形,朝白光罩定的敌人咆哮奔腾而去,将之瞬间吞没,使之化作白光一道,灰飞烟灭!

说起来,这样神通异常的弓箭,来历并不寻常。珍宝无数的四渎龙宫,单单挑这样的兵器给集千般宠爱于一身的公主使用,自然有其不凡来历。

追根溯源起来,神月银弓据传是交游广泛的四渎龙王于两千年前请弓神曲张打造的。凝成噬敌光箭的月华回真术,平心静气锁定目标的九天玄女箭法,则是由箭神续长、弩神远望亲手创造。据说当年后羿能射下多余的九个日头,就多亏了这几位神灵的帮助。

只不过这些说来话长的典故,与龙女交好的小言却无从知晓。

这些东西对尊贵的龙女来说,无关紧要。自灵漪儿与小言认识后,按她的心思,本能地就想掩藏自己这些舞刀弄箭之事,而喜欢在小言面前谈谈学习女红针织的心得。她不知道小言其实对这些神幻典故更感兴趣,就连她那把称手的长兵神器苍云戟,也是直到今日才让小言看到。

在灵漪儿心里,认为两相比较之下,自己还是使用神月银弓之时较为优美，挥舞乌云一样的苍云大戟，很可能会破坏自己好不容易树立起来的美好形象……

女孩心思，微妙难明。而在她放箭之时，她身上那袭霞光焕然的神莲战甲，蒸腾绽放出一朵巨大的粉色光莲，舒舒展展，耀耀腾腾，将她自己和附近的女将亲卫一起罩护在内。若是一般的法术袭来，根本冲不破这样的护体神莲。

那些纯靠蛮力冲击的海妖神将，则被拼命护主的龙女嫡系亲卫击退了。

这时，随着灵漪儿亲卫首领澄江女神水碧、破冰女神白华，手中银钩长钺每次的击打，便以她们为中心，在海面上辐射出数百条疾驰激奔的锋锐冰凌，将意图近身之敌尽数击退。

无论如何，眼前的战局哪怕再激烈，也都在小言一方统帅云中君的意料之内。虽然战事暂时胶着，但此刻在隐波洲设伏防守的四渎军众，汇集了天下众多水系湖泽的精锐，即使在数量上也比南海占优。

虽然一般来说，四渎这些陆地水卒的战力相比南海龙将略有不如，但正因长久以来听多了海灵神将歧视陆地水族的言语，这些湖泽江河而来的武士早就憋着一股劲儿，这回一下子发作出来，竟也能和南海水军打得旗鼓相当！

四渎族众奋力抗敌之时，和小言一道从罗浮山而来的七位上清宫道长，这时也都没置身事外。

七位得道的上清宫高人，在灵虚子带领下于隐波洲东南一处海岩上，按七星方位瞑目环列，运气凝神，将罗浮洞天中新近炼成的天诛七剑驱驰得飞转如龙，耀目的光芒在密集的敌阵中往来奔飞，有如流星。

就在运剑之时，灵虚子、清溟等人头顶各有一朵庆云，形如灵芝满月，按着各自神剑的五行七属，绽放着各样异彩光华。偶有敌方神斧飞叉袭来，这些七彩光云便霞光大涨,将来袭的兵刃飞弹出去。

有了这样集合洞天灵气、淬炼千年的神剑相助,上清七子飞剑之时不仅丝毫不用担心自身安危,还杀敌无数。除了纯粹的飞剑杀敌,他们还将飞剑三三两两地组合在一起,天飙、天燎二剑幻成风火炼狱,天钧、天墟双剑击出刀山剑林,诸如此类,变幻无穷。这正是根深蒂固的罗浮山上清宫的不传秘技——森罗万象。

上清宫秘技森罗万象,也不知是哪位祖师传下来的,虽然门中长老都知道,但偏偏没有对应的强大神器,千百年下来,基本也就和屠龙之技差不多。

直到罗浮山神飞阳助他们炼成天诛七剑,森罗万象的绝技才不再是纸上谈兵。只是正所谓神剑有灵,越是强大的灵剑越不容易驾驭,因此灵虚子他们现在暂时只能召出剑灵护体,组成的也只是一些简单的森罗法象。最终七剑合一的森罗万象到底是何模样,现在他们也无从得知。

饶是如此,已足够小言欣羡。

自从瞥见师叔师祖们头顶上灿烂夺目的瑞气虹霞,还有他们神光映照下从容飘逸的出尘神态,四海堂堂主心中赞美之余,便不免大加羡慕:"唉,看来还是我修行尚浅,脑袋上出现不了那样仙神一样的光环。不知何时,我才能变得和师叔师祖们一样呢?嗯,我真得抓紧修行了!"

正想着——

"嘻!"

"嗯?"

正当小言心中忖念之时,却忽然听见一声嬉笑,满含轻蔑不屑。笑声如此之近,置身战场的小言吃惊之余,慌忙朝四周望望,却只见各种奇形怪状的战士纷涌如潮,琼容也在远处忙着杀敌,丝毫看不出有人在和自己说话。

"罢了,恐是战场太过嘈杂,我待久了,幻听了吧?"

小言有一搭没一搭地想道:"嗯,等和龙军一道攻破前面这座龟甲浮城,我就找个稍微安静的地方,歇一下……"

正打着自己的如意算盘,他却忽又听到那个近在咫尺的声音插话道:"哼!没见识的小娃,一点雕虫小技就觉得不得了,也不害臊!看我的!"

近在耳边的话音刚落,小言还没来得及再环顾四方找说话的人,只觉得眼前强光一闪,双目如盲,转瞬之后他身边昏天黑地之所便忽成光明世界!

而这一刻,不知为何,还没从刺目光华中恢复视力的小言,竟从冥冥杳杳的天海苍穹中,隐隐听到一阵如同万鬼齐哭的嘶号!

第九章
长鲸跃海，瞰百川之争流

挟愤来到南海的第三天，小言终于遇上一场真正的大决战。

置身于这样神魔乱蹿、仙兽横行的神幻战场，还算是后生小辈的少年张小言，根本兴不起任何独当一面出风头的心思，只能老老实实地待在最激烈的战线后方，尽自己所能，驭剑给那些正在前方激战的神兽妖神助战。

只不过，不知是否是上天注定，被这些壮观神丽的仙神之战震撼得只能安守本分的小言，没多久却成了隐波洲一线的主角。

正当他心中对灵虚子、清溟等前辈大加赞赏欣羡之时，却不知从身边哪儿冒出个音线娇嫩柔媚、口气却老气横秋的女子声音，耻笑他没见过世面。没等他找出是谁突然说话，小言便发现身边已起了奇妙的变化。那道强光过后，他努力再睁开眼，却发现自己身边已是一片白光灿烂。

等被刺盲的双眼好不容易恢复过来，朝身边一瞅，小言大吃一惊！

原来，他本空无一物的身边，现在却多出了数朵圆月般皎洁的光团，犹如众星捧月般将他团团围在中央。

现在他就像站在一个月亮门洞中央，这些皓白光团按着圆门边线的轮廓，从他脚边升起，圆转次第向上分布，整齐有序地将他环绕在中央。

定定神细数数，他发现正好有七枚光团。这七朵皎月一样的光环，颜色全都皓白灿然，白辉腾腾，只在月心之中依稀可辨各有一个甲士人影，色分七彩，或刚猛或姣丽，各执兵器，尽呈神武之形。

　　乍睹这样的异象，小言也是惊惧非常，片刻之后，他便隐隐记起，似乎自己在去年八月留宿蟠龙小镇那一晚，在梦中见过这七朵莹明通彻的光华。虽然那次的光团中并没有这些神丽的人像，但他再次看到这些星月一样的光辉时，心中总感觉十分亲切。

　　"别发呆啦，赶紧打啊！"

　　正在观摩身边这七朵漂亮的光云，小言忽又听见那个声音响起。

　　"莫不是灵漪儿？"

　　听语调，倒与龙宫公主无异，说不定正是她施展出什么自己不知道的法术。只不过这念头刚一起，他便听"哼"的一声，此后身边再无声息。

　　"罢了，等打完仗再问吧！"

　　此刻正置身战场之中，一时也没时间去细细追究这些婆婆妈妈之事。小言再次看了看身外七朵星云一眼，便心无旁骛，开始极力操控起那把瑶光神剑来。

　　这之后，果如那不知名声音所言，和自己身边的七朵光月星云相比，上清宫七位前辈头顶的护身庆云便如同儿戏。

　　每当有南海妖神的斧刃飞来，不管它是打向自己身体的哪个部位，也不管来势如何凶猛迅疾，最后总像被一块磁石吸引一样，吸向某一朵灿烂光云，然后便如水入沙，消失无形。

　　这些细节，小言一时也来不及追究。有了神光护体，再也不怕刀剑无眼，他便只管奋勇前冲，将那把瑶光古剑驭使得如龙绕身。而自从七星光月升起，原本还需自己费神控制的太华流水现在忽然成了决堤江河，浩浩荡荡连绵不绝！在充沛道力支持下，小言所到之处正是所向披靡，一时间竟让他在好几道胶着战线冲出缺口！

那些原本只在自己湖令泽虞指挥下结阵冲杀的四渎水灵，见小言冲奔之处所向披靡，便也渐渐掉转方向，跟在他身后结队冲锋。

于是隐波洲外原本坚牢无比，甚至一直在向前稳步推进的南海军阵，渐渐就有些松动起来。

见这情形，那些头脑灵活的四渎水神赶紧指挥部众紧跟在小言身后集结冲击。

这样一来，四渎这方面不需要太多指挥筹划，隐波一线战场负责指挥的黄河水神冰夷，这时也腾出手来，足踏双龙，手握着巨大冰槊，冲着那些同样强大的敌方主神杀去。

"哈！憋气这么久，终于可以痛痛快快打一场啦！"

一槊击杀一个肆虐已久的敌方海神，生性好斗的黄河水神回头看了看光华闪耀不断推进的小言，眼神中充满了感激之情。唉，各位老兄弟都说他粗中有细、有勇有谋，乃大将之才，谁又知道他冰夷其实还是打架冲锋更拿手……

这时小言也感觉到身后聚集的兵众越来越多，便更加不敢懈怠，使出浑身解数卖力地朝前杀去。

生性随和的少年，这时早已没了仁慈。因为就在刚才他放过了一个已被打伤的南海妖兵，谁知看似没了战斗力的水精临死前竟化作一条锐利箭鱼，高高跃起，一把刺穿一个四渎龙军的身体。

这样一来，他骨子里那股狠劲儿立时冒了上来，所到之处再不留情，身后只留下血路一条。杀得兴起之时，他血迹斑斑的清俊面庞上已是双目赤红！

这时，琼容也还在远处杀敌。百忙中看了这边一眼，她便完全放下心来："嗯，有这么多叔叔伯伯追着保护小言哥哥，琼容就不用再操心啦！"

想罢，她便继续专心去追逐那几个满天逃窜的可恶鱼灵。

只是这时候她不知道，她那位正拧着一股狠劲儿奋勇前冲的堂主哥哥，却忽然觉得身边有些不对劲起来。

"怎么这些军兵……"

忽觉身边有异，小言便慢慢停了下来。

原来，他察觉此刻他身旁海水中冒出许多断肢残臂的水灵，看盔甲服色，敌方己方的都有。它们的眼神个个空洞无物，行动也不如原来那些海兵灵活，有不少身上各处还露出白骨，煞是吓人。

"咦？这些明显是死物，怎么……"

本来就在战场中，虽然眼前的情景有些瘆人，小言倒是不怕，只是在心中惊疑不知是何原因。正当他心中疑惑时，忽然又听一个声音响起："哈，堂主主人，老宵没想到你还收服过那样的灵物！这么说我宵芒果然有识主之明，没找错人。"

扬扬得意的鬼王继续说道："既然如此，我老宵也不能落后，虽然刚吞噬了火焰蜘蛛不能亲身杀敌，可也能唤起这些小辈儿郎，给主人帮把手！"

有了先前凭空出现凭空消失的声音，若不是这回鬼王自报姓名，小言还真要疑神疑鬼起来，不知又是哪位过路的神仙在捉弄他。

听了宵芒之言，他也立即醒悟过来：看来，身边这些从海水中站起杀敌的死灵，正是这个来历不明的鬼王施了控鬼操魂之术，将刚刚战死的海怪精灵暂时化作活物，助他杀敌。

"哗！"

须臾之后，鬼王大展拳脚的成果，便是小言漂浮之处的海水中，突然轰隆一声有一具庞然大物破水而出!

"禀主人——"幽灵鬼王跟突然被顶到半空吓了一跳的小言热切禀告道,"是这样的,海战颇费脚力,这头巨鲸您就先凑合着当坐骑吧!"

"……多谢!"

吃了一惊的四海堂堂主也不好跟这位鬼仆多计较。于是此后浩荡海疆战场中,便出现了一幅古怪无比的奇景:刚从人间道山上下来没几天的凡人少年,周身环绕着皓白的月华,容仪被映衬得如仙如佛,如圣如神。但如此神圣的形象,却傲然立在一头小山般巨大的白骨海鲸头上,骨鲸头角狰狞,摧波辟浪,往来如风,身后还追随着潮水一般的亡魂死灵,个个面目恐怖,一起在浩大的海疆中纵横奔驰,呼啸绞杀,如入无人之地!

这样的情景,就好像瑶池蓬莱的仙圣神人,突然篡位成了冥国的君王,正带领着数量庞大的死亡大军,肆虐在风波万里的天南巨洋!

而这时,傲立鲸头之人身周的七朵神圣光云,也如同一齐通了灵性,将之前吸纳收藏的千百件鬼斧神兵,一时间全都扔了出来,朝四边飞落如雨。不仅数量很多,准头还极佳,对于那些疲于奔命的水灵海神来说更是雪上加霜!

面对这样诡异的情状,正在海域中交战的双方,观感正是大不相同。

"瞧,那是我哥哥!厉害吧?别想欺负我哦!"

这是琼容。回头瞧一眼,然后她便无比自豪地告诉眼前自己正在追打的敌人,把他们吓得更加屁滚尿流。

"龙君选中之人果然不同寻常啊!"

这是四渎龙军。

不用说,现在那些南海水神海灵的感觉完全相反。对他们而言,这时整个隐波洲海面上阴风阵阵,乌云惨惨,耳边一声声鬼哭狼嚎。任是再勇猛的战士，看到这些仿佛不知疼痛、前赴后继的死灵战士，也不禁手脚发颤，头皮一阵阵发麻！

谁都没想到，一个小小的变化，竟扭转了整个战局！

"痛快！俺老宵自打记事以来，就没使唤过这么多部下！"

此刻宵芒主人身外那七朵星月光华流转，好像在不停地炼化海面云空中的元灵精华，一时间司幽戒空间中太华道力流转鼓荡，宵芒觉得自己好像一时竟法力无穷，就是操控再多的灵怪也并非不可能。

于是隐波洲外，就出现了一幅南海与鬼方作战多年也没见过的奇景：浮涌如山的白骨巨鲸身后，汹涌的死灵大军无尽无穷，竟宛如江河奔腾！

这时候，七位与小言同来的上清宫道长，自然面面相觑，不知自己门中，何时竟出了这样一个强大的役鬼法师！

如果说灵虚子、清溟还能从小言下山历练报告中知道一些端倪，那几个闭关已久的上清宫宿耆，则着实惊奇不已，一时间不知不觉略停了天诛飞剑，跟灵虚子传语打听起这个后辈弟子的生平来。

于是在这样的情形下，还没到中午，隐波洲一线的南海龙族水军就已临近崩溃的边缘。

要不是空中还有千百头凶悍的蛟龙在向那些亡灵奋力扑击，得了鬼王相助的四渎龙军早就该得手了。不过，这一线战事的结束也只是时间问题。

"多谢你了，鬼王！"

驾长鲸，骋巨海，果然意气风发。在高速奔游的白骨巨鲸上迎着扑面而来的狂风，小言稳了稳身形，抬手眼前，跟冥戒中的王者真心感谢了一句。

幽灵鬼王闻言欢呼雀跃，被身具至清至醇天地元力的高人称赞，以后谁还敢侮蔑他们鬼族灵法是邪术末流？

这时候，在这对扬眉吐气的主仆面前，原本挡在眼前似乎牢不可破的龟甲浮城,早就在长鲸亡灵的冲击下四分五裂,冰消瓦解。原本齐心协力众志成城的龟鳖鼋鼍,其中一些战死之后被鬼王灵法召唤,开始与之前的战友自相残杀。

"唉,你们还不如降了!"

看到这样惨烈的情景,跨长鲸笑傲沧海的小言头脑被海风一吹,心中也有些惕然。只是,正当稳操胜券的他刚要开口呼喊劝降时,却忽听得一声震耳欲聋的狂笑从前方轰然传来:"哈哈哈!"

"嗯?"

小言翘首东望,只见东边海天相接处忽然现出浮城一座,城体巨硕无朋,遍体洁白晶莹,就像一座高耸的冰山雪陵,在昏天黑地的海面云空间朝这边浮荡而来。

在浑身雪峰冰刺犬牙交错的奇特浮城前,动荡海波中站着一个奇异的神怪,状如巨猿,浑身雪白,额头高耸,金目雪牙,身上穿着乌黑皮甲,巨大手掌中握着一把门扇一般的耀眼冰刀,正满面狂傲之色,朝这边分波渡水而来!

在昏沉乌黑的云天下,晶莹的浮城和雪白的神灵,显得格外鲜明。

"无知小辈,竟敢勾结鬼方!今日就叫你葬身在本神冰锯刀下!"

呼喝如雷时,身子占了浮城一半高的冰雪神灵挥一挥手中巨刀,在身外四周下起一阵纷纷扬扬的大雪。冰刃上刀锯一样锋锐的冰齿,正割拉着骤然降温的空气,发出一阵刺啦刺啦的巨响,刺耳难听至极。

"无支祁?"

从旁边的水灵惊呼声中,小言这才认出这位现出本相的神灵。

一知此人就是杀死雪宜的帮凶,在巨硕长鲸上显得微不足道的凡人少年,霎时间怒起心头,一股热血上涌,双目有如火燃。

于是不等无支祁攻来，伴随着足下巨鲸一声尖锐的长鸣，小言已向曾和四渎龙王争位的神灵冲去！

第十章
南海浪惊，匹夫亦可无敌

就在小言出其不意召唤出幽灵大军在战场上纵横冲杀之时，正在伏波洲和龙军主力鏖战的水侯孟章终于得了消息，赶紧作法传信正赶往战场的寒冰城主无支祁，命他不必赶来伏波海域会战四渎主力，而是赶去隐波洲一线支援，稳住本军阵脚。

按理说，施法传信完毕，孟章感应到远方传来的那缕熟悉的冰寒气息，应该放下心来才是，毕竟这寒冰城主无支祁，乃远古巨神，战力名列龙神八部将之二，只在磐犼之下，即使对上敌方主帅也不一定落败。只是不知为何，如此笃定安排之下，他心中的不安感却越来越强烈。

"瞬间召唤出千百个死灵啊……"

云间居于巨大黑翼应龙背上的威猛龙侯，一鞭打落一条喷火扑来的蛟螭，略得了些喘息，便朝南方喧嚣的战场望去，面容凝重。

"烛幽鬼族，终究还是介入了……"听着座下应龙双翼扇起的呼呼风声，孟章想道，"此番若是无支祁将军再落败，我孟章恐怕真要败走家门了！"

想至此处，看着前方云中又有两条凶猛蛟龙喷澜吐雾地朝自己扑来，已多少年没尝过败仗滋味的神武水侯，脸上不由露出一丝苦笑。

再说小言,此刻他站立在白骨巨鲸上,面对着不可一世的冰雪神灵,想也不想便驱驰足下灵物,长虹贯日般朝前冲去。

"不知死活。"无支祁见状轻蔑一笑,抬手抡起冰刀便是迎风一劈。

"哗!"

巨猿神怪只不过抬手一斩,海面上顿时波涌如山,碧蓝海涛间一道寒光白电有如奔马,裹挟着冰涛雪浪朝小言飞驰而去。

不等无支祁挥起的巨刃落下,威猛无俦的冰气已迎头撞上小言驱驰的长鲸。

"轰!"在一声震耳欲聋的巨响中,原本硕大无朋的海鲸骨骼瞬间分崩离析,残肢碎片犹如炸响后的爆竹烟花四溅飞起,散落四处。随着散落如雨的骨鲸碎片一起飞起的,还有身形灵便的小言。

"吓!"

这样的结果,丝毫不出无支祁意料,当即他便大吼一声,手中鬼头冰锯刀急舞,将一道道追魂夺命的冰气朝前方四渎大军狠力挥去。

此刻在他眼里,一时得志的凡人少年根本不需多虑。只要把眼前趁势掩杀的四渎水军杀退,想逮住他还不是手到擒来!打着这样的主意,现出法身的龙神部将蹚过汹涌海水,将一道道威力无穷的冰寒刀气泼水般朝前面挥去。

势能破鲸的雪浪冰风果然不同寻常,才挥出十数道,便立有数百个四渎龙军被瞬间冻成冰雕,哼都不及哼一声便碎裂而死。听着许多水卒惊恐的呼号,刚被震出数里开外的小言便知道,只刚才这一波攻击,便有好几位四渎一方的河伯湖神战死。

"可恶!"

不仅头脑还有些昏沉的小言惊怒交加,此刻战场中的四渎主帅冰夷也在心中咒骂。

　　冰夷恨不得马上冲出去跟那邪神打一仗,但他身边正围着几个力量不凡的水神,他们此刻已看穿他心思,当即一阵急攻,不让他有暇抽出身去。说到底,冰夷也是作茧自缚,原本只为打得痛快故意惹来几个好手,此刻却成了自己的绊脚石。

　　于是随着无支祁劈头盖脸的一阵猛攻,刚才随小言进击的那拨四渎龙军顿时往后溃退。

　　等那些失去操控的幽灵纷纷倒落之后,冲在前面的四渎龙军才发现,刚刚一起追杀上来的己方军将其实并不多,大部人马还落在后面和那些残留的强力神怪厮杀。而此时那些刚刚逃窜的南海水精也重整旗鼓,让开无支祁攻击的海面水路,从两边包抄过来。

　　这样一来,战场局势风云突变,顿时又有所扭转。

　　"哈!"见得如此,狂傲的猿神仰天长笑,立时将手中冰雪环绕的神兵舞得更急。

　　他一边作法进攻,一边呼喝着奇异的音节,喝令身后渐渐赶上来的寒冰浮城将一支支冰刺冰矛雨点般地掷入四渎龙军。

　　一时间南海水族士气大振,四渎龙军却渐渐乱了阵形,除了少数神将河伯还能从容迎敌,大多数水将河兵都四散入水,躲避海面上铺天盖地而来的雪刃冰枪。

　　"哈哈,内陆水族果然经不起风波!"

　　见四渎龙军四散奔逃,无支祁更加得意,浑忘了自己也出身淮河,只管在心底大肆嘲笑这些陆地水族不堪一击。

　　只是正在他得意之时,却又异变突起!

　　"当!"

无支祁再次挥刀辟浪,迎风斩下的冰刀砍下一半却突然被人架住。

"莫不是冰夷那厮终于脱身了?"

此刻周身俱是冰飞雪舞,无支祁一时也没看清楚,见刀突然被人无声无息地架住,心中一惊。只不过转眼之后,等他看清架刀之人,却忍不住笑了起来。

"我说哪,若是那位冰夷老弟,如何会只架住自己的刀兵?"

如果是冰夷如此悄无声息地逼近,早就破了自己的护身冰气,如何会跟这少年一样只架住自己的刀兵?原来格架之人正是小言。

刚才被无支祁的冰气炸飞出好几里地,他身上受的力道着实不轻。若不是身上有灵甲护体,再加上身体壮健,恐怕早就被那些骨鲸碎块砸得骨肉分离了。

虽然身上疼痛,小言却等不及休息,在海波中略微调理一下气息,便施展出灵漪儿传授给他的龙宫绝技瞬水诀,疾速迫近无支祁身前,挥剑架住无支祁手中冰刃。

此刻直觉告诉小言,面对力量与神法同样强大的无支祁,要想飞剑远远攻击杀伤,肯定不行。

"只要能为雪宜报仇,就是死了又如何?"

远远望着无支祁冰山一样的身躯,小言心中并不是没有害怕。只是一想到数日前清寂如梅的雪宜,不顾一切替他挡下惊天动地的一击,他心中便再没了任何恐惧。

瞬水而逝,一路向前,越到无支祁面前便越难前进。刀锋一样的冰风雪气仿佛能将一切靠近的生灵瞬间冻毙,无所不在的冰寒暗暗侵袭,犹如刮骨锋刀一样割拉着自己的面皮。到了最后,极力潜近的小言只能从水中跃起奋力一击,架住即将杀戮四渎水灵的刀锯。

"呵!"

看到自己的冰刃被这不自量力的少年架住,凶恶的无支祁却笑了。

"好吧,那就先取你小命。"

看无支祁说这话时的神情,仿佛是对小言开恩一样。

今日确实有些特别,素来少言寡语的寒冰城主,除了自己敬服的南海水侯之外,还从没跟人一次性说过这么多话。而他现在还准备再加几句:"呵,你叫张小言吧?"

巨灵猿神寻常说话时也如瓦釜雷鸣,阔口边还带着丝丝白气。

"你还算有本事,能和那个不知世事的小龙女成为好朋友。只是今日我要让你知道,那也救不了你的命。"

巨硕的神将俯身跟小言说这话时,身后寒冰浮城还在十几里之外,身前海面上,更是空廓无物,汹涌的南海水军已将四渎军将隔在很远之处。一时间宽阔海面上仿佛只剩下他们俩,若不是头顶上仍嗖嗖不停地飞过寒冰城雪亮的冰矛,恐怕那些被海浪激流裹挟路过的懵懂鱼虾,还以为这场战事已经结束。

"开始吧。"

刚刚苦口婆心教导后辈的古怪感觉,倒让生性凶恶的远古兽灵有些陶醉,以至于跟眼前的生死仇敌说开始搏杀时,无支祁竟还有些怅然若失。

只不过等听到冰刀劈斩时响起的凄厉呼啸时,刀锋所指之人便不会再认为无支祁是在开玩笑了。转眼间空廓海面上便冰风呼啸,寒光乱舞,一阵阵沉重击打声咔喇喇响起,犹如天神的雷车在莽原上奔驰,不断撞碎巨大的石砾。

人神之间的交战,开始时并没能让那些在西边海域中厮杀成一团的神怪放下手中的兵器。

只有与小言相熟的几人，比如琼容、灵漪儿、灵虚子和冰夷，试图杀出眼前重围去救回冒失的小言。只是此时无论天上海下，铺天盖地到处都是士气大振不停向西突击的南海军将，要想突围可以说寸步难行。除了这几个心急如焚之人外，此时战场中的双方兵卒，对东边海面上那场看似惊天动地的争斗并不在意。

难道那少年不是在以卵击石？

南海龙军固然嗤之以鼻，四渎水卒心中却也不以为然。所有察觉到那场大战的四渎龙军差不多都是一个心思："唉，我说这位少年，难道您还不明白主公心意？这回来南海征战，让你上战场，只不过是让你做个样子积累点名望，真正苦战还得靠我们这些将卒效力。

"刚才你用龙王秘授的宝贝，召唤出无数死灵武士风光一场也就罢了，怎么这时候还当真冲上去拼命了？也不打听打听，无支祁可是好惹的？当年他还和主公争夺过四渎王位，没这么好生擒活捉……"

这些四渎龙卒心中所想虽然颇有些不敬，却是眼下实情。

放眼此处战场，也就冰夷还能和远古冰猿斗一斗，其他人上去几乎都是送死。何况据小道谣传，说这少年还是一个人间道门未满师的道童！

只是，专心厮杀的双方将卒，不知从哪一刻起，突然不约而同地放缓了各自的攻击速度，怀着一股心照不宣的情绪，开始朝南北两边人少的开阔处挪去。

生出这样的变化，是因为大家突然发觉，现在已过了半炷香工夫，自己手底下也砍翻敌将好几回了，东边那场力量更加悬殊的争斗却还打得热火朝天，丝毫没有停歇的意思。

"这是……"所有人都满腹狐疑。

没有人会认为龙神八部将中最稳重多谋的寒冰城主无支祁，会在两军阵前有闲心戏弄一个少年。所以所有人都在向东游移,想看清那边到底发生了什么变故。

这时琼容也稍微得了喘息空闲,便赶紧招呼灵漪儿姐姐一起往东挤。乖巧的小丫头时刻牢记哥哥教诲:无论是他们四海堂哪位在跟厉害敌人对敌,打不过时一定要帮忙。

只是还没等琼容杀开一条血路挤出人群,却听得四处众人突然异口同声地惊呼,显见那边战事出了变故!

原来一阵冰飞剑舞之后,原本胜券在握的龙神部将突然发现,贸然来攻的少年居然不可小觑。

看他攻来时一脸悲愤,似乎心浮气躁足下不稳,但等到双方厮杀时,居然晓得躲避锋芒,人剑合一,带着身后玄黑的披风犹如一条滑溜的乌龙,只管在自己身外绕身飞蹿,冷不丁来下飞空扑刺,势若猛虎!

"果然狡猾,怪不得让龙侯生厌!"

开始时猝不及防,无支祁居然被小言攻击得手忙脚乱。为了防御击刺,无支祁看似笨拙的巨硕身躯居然也能如陀螺般滴溜溜转。

只不过顷刻之后,他便醒悟过来,停止了这样丢人的防御。

百忙中寒冰城主深吸一口气,吼的一声便从阔鼻中嘘出二股气体,喷出两条冰魄灵元化成的冰寒蟠龙。蟠龙一遇空气立即伸展冷光闪闪的盘曲身形,张牙舞爪地朝满天乱蹿的小言迅猛扑去。

"哎呀!"

冷龙一出果然有效,虽然小言也算敏捷,见巨蟒一样的冰龙扑来立即奋剑一挥,将其中一条砍成两截,但几乎与此同时,他整个人被另一条冰龙一头撞飞出去,人龙一同滚落在旁边的海面波涛上。

"这下看你还能怎样!"

看着冰魄寒龙举起冰光闪闪的利爪,兜头盖脸朝小言抓去,无支祁便知道,这少年命不久矣。

"会怎么死呢?是化作一摊血水,还是变成冰块?"

见冰龙搏击少年,无支祁便按下手中冰刀,饶有兴味地猜测自己颇有灵性的冰魄蟠龙,会如何处置眼前的猎物。只是……

"莫不是我眼花了?"

只不过眨眼工夫,那个几乎放弃挣扎的猎物却突然变成了猎手,前一刻还耀武扬威的猎人,却转眼成了别人的猎物!

还没等无支祁反应过来,那条正准备将少年开膛破肚的凶猛冷龙,便在一连串逐渐微弱的悲鸣声中消逝无形。

"咯咯——"

在无支祁惊讶的目光中,从海涛中重新站起的少年,上下牙关似乎还在打架,眉毛上还结了点霜雪,但整个人已是精神抖擞,没事人一样又朝自己冲来。

"这!"

不知道这个叫张小言的少年用了什么邪法的寒冰城主,只好又举起手中冰刃,架住他不要命的攻击。

他自然不知,刚才小言正是用了自己最娴熟的一个保命法门,就像几年前在饶州祝宅中一样,将贴身而来的致命攻击炼化无形。

唯一不同的是,此时他的功力已今非昔比,炼神化虚的对象也从寻常的祝宅凳妖变成了远古神怪化出的凶猛灵魄。

于是接下来实力占优的巨猿神将,只好又把巨大的身形转得如陀螺一样,和不顾死活偏又灵活无比的凡人少年耐心打斗起来。

只是这样的胶着纠缠并没持续多久,大约半炷香工夫后,自始至终只捶到少年衣甲两三下的无支祁，终于恼羞成怒发起狠来。他嗷一声狂啸，本就小山般高的法相又长大许多，几乎长到与身后不远处的冰雪浮城差不多高时，便将手中兵刃朝旁一抛，如闪电般霍然伸出巨阙般的手掌，将仍然不死不休杀来的少年一把掐住！

躲闪不及之下，小言一时连剑带手臂被无支祁牢牢抓住，高高举到空中。

终于将这可恶少年逮住，无支祁便回转身形，准备亲手将他砸碎在布满冰柱冰刺的寒冰城墙上。

"这回看你怎么逃出我的手掌心！"

经过刚才那番出人意料的棘手打斗，无支祁此时丝毫不敢懈怠，手中牢牢捏住小言，一刻也不敢放松。

这时相比于山丘一样的巨灵，脆弱的凡人少年小言就像个玩具纸人一样，被那只巨手抓在空中，真个是叫天天不应叫地地不灵，眼看就要在坚硬冰城上化成一团肉泥。

只不过，直到此时，还没到暂缓鏖战的军卒齐声惊呼的时候。

虽然无支祁存了心思，放缓力道，一定要让他在城壁上活活化作肉酱，但小言的手臂被无支祁如同捏草人一样紧紧捏住，还是让他感到剧痛难忍，疼得整张脸都皱在了一起。

这样的剧痛前所未有，饶是小言心性坚忍非常，此刻还是忍不住冒出个念头："不如就此死了吧！"

他脑海中残存的一丝思觉清醒地判断出，相比此刻身上传来的剧痛，也许立即死掉才是一个痛快的解脱之途。

"我也快要像雪宜那样死掉了吧……"

就在他脑海中刚刚闪过这个念头，于一片混沌昏黑中想到"雪宜"二字时,小言却突然鬼使神差一般完全清醒了过来。

"嗬!"

想起亲切温柔的容颜,小言仿佛突然得了无比的力量,在心中低吼一声,极力将难忍的疼痛暂时压制一旁,尽力静气凝神,开始在痛得几乎不受自己支配的身躯经脉中,流转起那股道力清流来。

于是,正提着猎物朝冰雪浮城分波而去的无支祁,突然只觉左手一阵动荡,就好像有海波入手,跳荡不绝,转瞬间自己法相神体中那股天生的灵力,竟如同江河决堤,初时是涓涓细流,转眼便澎湃奔腾,如洪涛般朝左手掌外涌去。

"怎么回事?"

变故来得如此之快,无支祁一时竟没反应过来!

等他猛然惊醒明白发生了何事时,立即惊吼一声本能地松开左手,想将棘手之人赶紧甩掉。只是到了此时,本就是搏命报仇的小言得了机会,发现炼神化虚居然在神灵身上也能奏效,哪还肯轻易放手,当即拼死抱住无支祁石柱一样的巨指,死也不肯撒手!

于是原本捏住小言怕他逃脱的无支祁,此刻吼叫连连,极力想将这个烫手山芋甩掉。转瞬之后,灵力亏损的神怪便再也支撑不住自己巨大的法身,又恢复到先前的模样。饶是如此,小言却仍是死也不肯松手。

于是在远处交战的江海双方军卒便看到,那位睥睨雄武的龙神部将,突然又像陀螺般滴溜溜地转起来。

此时他身周的护身冰雪云气已大都散去,众人看得分明,在急吼连连的无支祁伸开的巨臂末端,正依附着那个冒死攻杀的少年,飘飘荡荡,犹如枝头秋叶,每次都好像要被甩出去了,却偏偏始终不掉。

看到这一情形,无论是南海还是四渎一方,都觉得事情有些反常起来。

再等到神志已混乱无比的无支祁狂奔乱跑，一头撞在自己的寒冰城壁上，轰隆一声竟将巨大的浮城整个撞倾斜之时，众人才明白了些什么，终于脱口惊呼。

到得这时，几乎所有人都可以确定，原来这一战，却是那个神威卓著的寒冰城主落了下风！

就在所有南海兵将面面相觑时，四渎这方上上下下看看眼前的事实，却又认为这个结果似乎也并不太出乎他们意料。

而这时已差不多冲出战团的琼容，看着那边两个身形悬殊的斗法之人，顿时一声惊呼："哥哥流血了！"

原来刚刚无支祁一头撞在浮城上，他那天生刚硬的头颅没多大事，倒是黏在他掌上死不撒手的小言被一根冰柱从额前刮过，额头上顿时鲜血长流。

只是即便如此，平日生性随和的道门堂主却是一声不吭，使出往日在市井中死缠烂打的手段，坚持催动炼神化虚之术，将无支祁的灵力倒卷得有如万壑奔流。

万众瞩目中，巨猿神灵的动作渐渐放慢，直到最终停住。

到最后，只听得哗一声巨响，灵力耗尽的神将终于倒下。沉重的身躯砸起千层波浪，如同掀起一场小小的海啸，将两边瞩目观瞧的对战军阵均向后推了一下。

"那少年呢？是不是也筋疲力尽了？"

正当众人揣测时，却见力搏神龙部将的小言，突然从漫天风浪中破水而出，一个筋斗跳起，双脚竟踏在了无支祁的胸口上！

原本身如落叶、瞑目若死的小言，抬手抹了一把眼上的水沫血污，忽然张口朝四方说道："恶灵业已伏诛，尔等还不投降！"

随波涛一起一伏的巨灵遗体上冷然伫立的小言，提剑四顾，声音洪亮非常。

无人应和回答。

偌大的海场,突然静了下来,仿佛此处是远离喧嚣的宁静田园,只听得见几声铿锵的话语在风中回荡。

"无支祁……死了?"

"无将军……被这少年……杀死了?"

所有人或惊愕,或呆滞,浑忘了自己是该欢呼,还是该喝骂。

而此时,小言满脸血污,威严可怖,脑后披散的发丝浸满晶莹霜粒,在海风中飘如雪舞。

第十一章
俏靥如花,美灵气之和柔

此刻方圆百里的海场上鸦雀无声,那个突然从水底冒出踏在巨猿神将身上的少年,正是睥睨四顾,不可一世。

在百般压抑的气氛中,和远处海场中那些相对安全的海精神将不同,此刻离小言较近的海灵大为惶恐。就在小言提剑远眺旁若无人时,他脚下不远的海水中,有只巨大的章鱼精正冷汗直流。

"坏了!刚才还想偷偷上来助无支祁大人一臂之力,谁想却陷在这里了!"

原来无支祁倒下之处的海波已停止了沉浮,巨舟般的尸体旁的海水已经凝固。以无支祁为中心,海面上已结起厚厚一层寒冰。这位倒霉的八足章鱼怪一时没来得及逃开,等现在稍微清醒过来时,却发现自己有"一臂"被坚冰死死冻住了!

"实在离他太近了!"

拿小眼偶尔飞快掠过小言挺拔的身形,全身摊开有十数丈长的巨大章鱼精只觉得自己叫天天不应叫地地不灵,不知该如何是好。

不过章鱼精毕竟是寒冰城主的心腹爱将,片刻慌乱之后,他便立即想出逃亡招数，开始在海水中悄悄挣动，准备效仿"壮士断腕"，即使拼得断掉一条触手，也要安全逃开去。

且不说章鱼精忍着剧痛拼命拖曳，再说小言。

他刚才憋着一口气死命拽住了被高大猿神掀起的狂风大浪中的小船，小船此刻静了下来，小言身上正是疼痛难当，只觉得全身骨架都快散了。

虽然剧痛，现在却仍不是放松的时候。从水里拼尽全力冲上海面，小言那股韧劲儿发作，双脚踏在无支祁的尸体上站稳，便极力运气，跟远处那些敌军喊话。

这时候他头脑还不十分清醒，跟南海水军喊话让他们投降之后，看着那片黑压压的人群寂静无声，不由在心里惊道："坏了！刚才那阵好摔，我耳朵都失聪了！"

心中捉摸不定，再看看远处横贯数里的庞大军阵听了自己喊话却丝毫没有反应，小言心下便更慌了。

这时他背后东方的寒冰城上，那些将卒也一时惊呆，不敢相信眼前事实，所有人居然全忘了要抛掷雪枪冰矛。

只不过，战场中这样的愣怔绝不会持久，眼看着呆怔的军丁就要清醒过来，万众瞩目下的小言正好低头瞧了瞧。一看脚下踩住的尸体，不知怎么他便觉一股血气上涌，如早年在市井中打架结束后一般，扭头朝旁边用力啐了一口，把呛下的冰碴血沫吐出来，便忽然提剑仰天长啸。

在突如其来的狂呼乱啸中，小言只觉得心中一股郁气勃发，万流涌动，似乎只有对着天边那些高翔的乌云飞龙大声吼叫，才能舒展此刻心中的情绪。

到得这时，他终于醒悟，当日害死雪宜的凶手之一，此刻已被自己踩在脚下。他这刻骨深仇，竟已报了一半！

也只有在这时候,他才意识到为何这些天来,即使自己被拥作"妖主",在琼容一如既往的可爱笑容之下,却总觉得不能展眉欢笑,总觉得有哪处不对劲。原来自己胸中始终块垒横亘,那个挥之不去的恬静容颜,仍是自己目前最挂怀的。

胸怀坦荡、脉蕴天地浩然之气的小言,于大战后吼出的吟啸毫无疲态,随心所欲的吼啸滚滚奔腾,犹如搅荡天海的水龙吟啸,在隐波洲外千里海疆中轰然回荡。

在连绵不绝的号啸之中,那些灵力强大的水精海怪只觉得两股颤颤,几欲跌倒。那只拼命逃亡的章鱼精,刚挣脱出来,还没等拨水奔逃,被如雷长啸一惊,便全身僵硬,两眼翻白浮上海来。

"杀啊!"

等小言轰天震海的啸鸣出口,远处还在发呆的四渎龙军突然如梦初醒,在这声鸣啸号令下杀声大作,朝眼前敌军奋勇杀去。

而此时,失去主将的南海龙军也同时失去了战意,还没怎么从刚才的震惊中恢复过来,便被气势如虹的四渎龙军冲锋突袭,顿时一败涂地,有如潮水般绕过小言站立着的主将尸体,朝远方海天溃败逃窜而去。

此刻这些溃败军卒中,其实还有许多神将灵力充沛,完全有一拼之力,但此时他们战意全无,只管没命奔逃,边打边逃时还不住想道:"无支祁将军真是爱兵如子!原来他早就看出那少年神力通天,所以才奋不顾身地前去挑战,消耗自己的神力,保护我们不被屠戮,只是最后却……"

千百年前曾和四渎龙王拼勇斗狠的淮河旧主那是何等神通?却在几个照面下就已被杀掉。这样的情形下,也由不得这些见多识广的神将不对小言肃然起敬。

慌不择路的南海军卒逃跑时心中还万般感激:"我们决不能辜负无支祁

大人的心意,现在赶紧逃跑保命,以后才有机会继承无支祁将军的远大遗志!"

在这当中,有几个对无支祁忠心耿耿的戆直部将,还准备冲上去替主公报仇,却被左近眼疾手快的海神一把拖住,死命拽着朝远方逃去。

这时小言见战事又起,喊杀震天,便停了呼啸。看着潮水般的敌军从身旁窜过,他胆战心惊地看着自己站立之处,就像海潮中的礁岩般随时会被淹没,于是那两条腿就不受控制地开始抖动起来。

幸好这时已没人敢再仔细端详他,两腿已不受自己控制的四海堂堂主,竟始终挺拔站立,安然无恙,一直熬到己方援军杀到眼前。

"哥哥,你真厉害!"熟悉的嗓音响起,"也让琼容踩踩这坏蛋好吗?"

一听到乳莺啼谷般悦耳的请求,小言心下一松,终于站立不住。他眼前一黑,一时间魂灵都似飘飞起来,然后咕咚一声,便什么都不知道了。

也不知过了多少时候——

"小言你醒了?"

浑浑噩噩昏迷多时,小言再次醒来时,却发觉自己已在一处帐篷中。

他刚睁开眼,那张在近旁的俏靥便忽如春花般绽放开来,喜滋滋地说道:"你终于醒了!刚才差点把我吓死了!"

眼前喜不自胜之人,正是四渎龙女灵漪儿。

略稳了稳心神,小言一问,才知道现在已是掌灯时候。今日战事已经结束,原本还在奋力鏖战的南海大军,自无支祁被杀、隐波洲一线溃败后,便全盘崩溃,一败千里。

若不是孟章调度有方,此次南海前来讨伐的精锐龙军便会全军覆没。其中,那座特地调来支援的南海八大浮城之一的寒冰城,自无支祁身死后一时逃跑不及,竟被四渎龙军整城缴获!

只不过即便如此,四渎龙军也死伤惨重,据说有二十多位湖令河神力战而死,手下河兵湖卒更是死伤无数。

听得灵漪儿诉说,小言闻言揪心,想要挣扎着起来细问,却被灵漪儿伸手按住:"我们的大英雄,详细战报可否容我之后再回禀?你现在说话有气无力,还是先安心静养吧!这可是爷爷吩咐的哦!"

"……是!"见得灵漪儿如此说,小言只好乖乖称是。

"嗯,这样最好,你先躺着。你的伤很重。我给你去端莲子羹!"

小言闻言,只好躺着静静休养精神。

灵漪儿去端莲子羹时,同在一旁看护小言的琼容,便将小脸凑到了近旁,跟小言偷偷说道:"灵漪儿姐姐刚才可比琼容笨哦!她还怕你会死掉呢。我都告诉她了,哥哥不会死掉,可她不信!"

"是吗……"

听了琼容的话,小言只觉得心中十分感动。于是等容颜略有憔悴的灵漪儿再次进来将他扶起喂莲子羹时,他便无比配合一口口咽下了莲子羹。

等到玉碗中的莲子羹快要见底时,在琼容的强烈要求下,她也帮着喂了两匙。

等小言终于吃完,躺回被窝,灵漪儿才反身将碗匙送到帐外,递还给在帐外等候的侍女。

等她回到帐中,便道帐外涛声嘈杂,恐让人不得入眠,于是自告奋勇,敛罗衣,抬素手,理瑶琴,奏起一首柔淡飘摇的《采莲谣》:

柳叶微风闹,

荷花落日酣,

拂长空远山云淡,

　　红妆女儿十二三。

　　采莲归小舟轻缆……

　幽幽窈窈的清籁柔声中,小言渐渐觉得,冥冥中仿佛真有接天盖水的碧荷层层叠叠到眼前,清甜醇郁的莲香氤氲左右……

　于是过了没多久,他便在涛声水籁中沉沉睡去……

　在梦里,白日刚经过一场生死搏杀的少年,完全没有再梦见任何刀光剑影。黑甜梦乡中,不知为何他却梦见了万里外那两张日渐苍老的脸……

　正是:

　　江海孤踪,云浪风涛惊旅梦;

　　乡关万里,烟峦云树促归怀。

第十二章
混迹尘中，偶入英雄之眼

"拓，拓，拓拓……"

夜晚海风中传来的军中木柝声，忽然让灵漪儿惊醒。

"呀，已经是四更天了。"

只记得自己奏完一曲《采莲谣》，见小言睡着，便来替他掖好被角。谁知不过多守护了一会儿，便不知不觉倚在床边睡着了。

听得四更梆响，昨天劳累一天的灵漪儿赶紧站起身来，长袖一拂，将帐顶那几颗兀自柔柔放光的夜明珠光辉扫灭，让整个床帐陷入一片安宁的黑寂。

"时候不早，也该去准备荒山玉髓羹了。"

心里这般想着，正要出门，灵漪儿却忽听到一阵细密的酣睡呼吸声从身后传来。闻声回眸，凝着神目一看，却见那琼容正像只猫儿一样，蜷在小言身边睡觉。

"这丫头……也不怕着凉！"

见状灵漪儿赶紧找来一个毯子，给酣睡的小丫头轻轻盖上。

细心处置完这一切，灵漪儿便悄悄掀起门帘，莲步轻移，去别帐中和早起忙碌的丫鬟仙侍一起，准备可口的早食。

灵漪儿轻步移出寝帐时，天光尚早，四周还是一片黑暗，抬头望望天空，只见幽蓝的天幕中星月交辉，一闪一闪，就像在跟她眨眼问好。

"你们也早！"

在人前庄严肃穆的四渎龙女，这时见四下无人，便向那些闪烁不停的星星扮了个鬼脸，调皮地问了声早。

这天上午，天光大亮之时，琼容便受卧病在床的堂主哥哥所托，将昨日从无支祁那儿缴获的鬼头冰锯刀，送给了羽灵堂堂主殷铁崖。

无支祁这把利器神兵，灵性古怪，一贯追随强者，昨日它的主人被小言杀死后，它便死心塌地追随了新主人，在小言被龙军救回时，也跟着倏然潜来，靠在小言下榻安歇的寝帐外等了一晚上。

这天清早，正当小言倚在床头，吃养气培元的玉髓羹时，在外面帐骨上靠了一夜的冰锯刀便挨进帐来，在角落里嗡然作响。

见这样，小言才想起这茬。心里琢磨一下，记起玄灵教的堂主殷铁崖还没有趁手兵刃，刚得的这把冰锯刀给他正合适。

于是，正闲在一旁插不上手的小姑娘，便赶忙自告奋勇，一把扛起那口比自己还高的冰锯刀，颠颠地往门外跑去。

正在隐波洲石场中督促妖灵晨练的羽灵堂堂主，听明白琼容来意后，顿时激动非常："这，这怎么行……"

捧着远古神灵的利器，感受着那份爽利彻骨的奇寒，殷铁崖一时激动得说不出话来！

"殷堂主你就不要客气了！"头一回充当哥哥的信使，琼容一脸严肃，挺起胸脯，仰着小脸跟殷铁崖说话，"殷堂主你收下吧。听哥哥说，殷堂主唯风最灵，这把冰刀是水属，加起来就是'风生水起'，最是恰宜！"

"是！那是那是……"

也不知怎么，虽然琼容此时的老练只不过是努力装出来的，但一贯沉着稳健的天空之灵殷铁崖却气促神沮，惶恐莫名，连说话都有些结结巴巴起来。

正冷汗直冒时，幸好小姑娘已挥手告辞："好了殷叔叔，东西送到了，我也该回去了！"

还没等殷铁崖回答，琼容便已经转身蹦蹦跳跳地跑远了。

"大师姐走好！"

送别的话语气虔诚，但殷铁崖说出口时竟不知不觉地放低了声音。

"咦？我这是怎么了？"

直到小姑娘的背影转过那座山崖，殷铁崖这才如梦方醒，回想起刚才那种受到威压的感觉，心中惊奇不已。

正在这时，他忽听旁边有人高声说话："恭喜鹰兄，这下可得了一件神物！"

殷铁崖闻言转身，见高声道贺之人正是自己的老相识麒灵堂堂主坤象。

这位白虎灵坤象，瞧着老友额头还没来得及抹掉的冷汗，哈哈一笑说道："鹰老弟，我就说吧，千鸟崖四海堂中，待人最和善的，还得数我们的神师教主啊！"

瞧了瞧殷铁崖手中捧着的神兵利器，面如满月的红脸长老乐呵呵地说道："哈，鹰老弟，这下终于知道奉那少年为主，对我族来说有多大好处了吧？"

"……哼！"

看殷铁崖有些不悦的反应，似乎当初玄灵教内对于奉凡人少年张小言为主一事，颇有些分歧。

"我就是不服!"天鹰王梗着脖子,一副不服的样子。

"哈……"

说是不服,但嘴角却挂着一丝笑意,坤象便顿时放下心来,佯装大怒,吼道:"好好,那你是不是想打一架?"

"打就打,很久没帮你松松这把老骨头了!"

"哈哈……先别说大话,也不知道最后谁会骨头散架!"

说话间,两个刚才还正常说话的妖族长老,便各自现了身形,一只是翅展数丈长的金目乌翼雕,一只是浑身雪白的吊睛乌额虎,各自毛爪飞扬,转眼就已斗在一处。他们刚才友好谈话之处,现已尘土飞扬,乌烟弥漫,沉重的砰砰搏击声连续不绝。

见族中两位德高望重的首脑突然打起来,附近那些山精兽怪却见怪不怪,反而呼啦一声,数百名妖灵立即在坤象与殷铁崖周围围起一个大圈来。

没一会儿,鹰虎搏击的战场外便围满了看热闹的禽怪兽灵。

看样子,这两位长老搏击较劲也不是头一回了,现场这些兽灵观看时秩序井井有条,叫好助威声此起彼伏,久久不绝。

在这震天响的鼓劲声中,还有许多兽妖禽灵不甘袖手旁观,在场边拿两人的胜负打起赌来!

打斗之事有输有赢,等场中尘埃落定,场外赌友便几家欢乐几家愁。于是,没多久隐波洲中央阔大的林边石场中,便有许多一脸晦气的虎豹熊罴哼哧哼哧地绕着石场跑起圈来,有些竟还头顶大石。

空中此时也不消停,那些赌输的禽灵,便展翅飞到高空,然后束拢双翼,如石头般落下,在自己债主面前表演高空落体,直到离地只剩一两丈时,才唰一声展开翅翼,极力飞腾开去。

总之,这些不重钱财的猛兽禽怪,认输的手段五花八门,迥然而异。

"咦……"正当石场中嘈杂不堪时,刚绕场跑了两圈,中途偷懒停下来歇脚的黑熊精,忽见场边一个树桩上坐着个粉妆玉琢的小姑娘,在那儿一边嗑着瓜子,一边目不转睛地看着场中。

一边看,她还一边咧着小嘴,龇着小虎牙,只顾在那儿一个人呵呵傻笑。

这个跑得头昏脑涨的黑熊一时也没认出她是谁,见她一个人在那儿傻笑,便好奇地凑上去问她:"这是谁家小妹妹,干吗在这儿发笑啊?"

好不容易小姑娘才把注意力从场中拉回,放到眼前一脸好奇的黑熊大叔身上。

"大叔,我是张家小妹妹。"琼容一丝不苟地回答,"我笑,是因为开心啊!"

小丫头笑靥如花,燕语莺歌般高声说道:"嘻!杂耍马戏,琼容从小最爱看了!"

"咕咚!"

琼容话音刚落,不远处一个刚从高空坠下的鹰隼展翼不及,摔了个嘴啃泥!而这混乱还没完结——

"大叔,请问这马戏表演还有晚场吗?我哥哥病还没好,可能只能晚上来看了!"

"啊!"

随着这小丫头天真而诚恳的问话,附近有几头猛虎恶狼,忘了头上还顶着巨石,一不小心就让它们滚下砸了脚掌!

等琼容将冰刀神器交给鹰灵,又看了场免费"马戏",再回到灵漪儿姐姐帐中时,已过了正午。

等到日头中移,又渐渐偏西,半躺在床榻上的少年堂主,才觉得浑身气力慢慢恢复。原本一动便剧痛的筋骨,现在也没那么疼了,稍微挣动了几下，不用人扶着，竟也能自己坐起来了。

"哈，到底年纪不老，我这身体恢复得还挺快！再来看看我的经脉咋样了！"

从昨晚清醒开始，小言就一直在惦记这个问题："刚吸了无支祁那样庞大的灵机，我的四肢经脉会不会受损害？"

虽然心中隐隐担忧，但现在看来，似乎自己的身体并没什么大碍，那些巨量的冰猿寒灵应该已经被全部炼化吸纳。

这么想着，小言便按着炼神化虚、有心无为的法门，开始试图运转自己身体里那股太华流水，谁知这一运转，却把他惊得魂飞魄散，如堕冰窟！

第十三章
星光结旆，备朱旗以南指

正当小言收敛心神，进入有心无为的无上太华之境时，却惊恐地发现，自己体内原本浩荡沛然的太华流水，此刻却踪迹全无，丝缕不见！他的整个身体宛如空竹，原本道力充盈的四筋八骸中竟如人去楼空，片物也无！

这一惊，真是非同小可！

此事若发生在往日里倒不觉如何，但在今天这般戎马倥偬之时，如何不让他汗如雨下，魂不附体！

灵漪儿出去帮小言探听军中消息了，营帐中只有琼容在一旁相陪。听震骇中的小言结结巴巴地说明缘由，她竟丝毫不以为意，发自内心地安慰道："小言哥哥不要紧！反正琼容现在打仗很厉害，以后哥哥想打谁，琼容帮你打就是了。没有了也挺好啊！"

"……谢谢了。"

听着小姑娘甜甜的话语，又看着她拍着胸脯保证的样子，小言仍有些高兴不起来，回话也是有气无力。

转念一想，在这样天真烂漫的小姑娘面前，这般如丧考妣的模样不太妥当，于是小言在嗒然若丧之时，仍努力挤出一丝笑颜，附和琼容刚才的话：

"唉……是啊,反正哥哥年纪还小,以后可以再学别的道术……嗯!"

正强颜欢笑跟琼容说话,小言却突然没来由地一惊,心中忖道:"咦?怎么回事?怎么总觉得刚才听到了什么很重要的事?"

犹如鬼使神差一般,脑海中蓦然有一道电光闪过,正快快不乐的少年好似突然发狂,猛地探手一把攥住眼前小姑娘羊脂玉一样的手腕,失声叫道:"琼容,我的好妹妹!快把你刚才说过的话再说一遍!"

"呜!"

琼容这时真可谓猝不及防,小手一下子被攥得生疼,只不过虽然小手疼痛,但一想到哥哥正难过,也不好喊痛,只好低低地叫了一声,便心无旁骛地给小言复述起自己刚才说的每一句话来,一直到这句:"没有了也挺好啊!"

此言一出,小言立时就像被雷击了一样呆住,愣了好一会儿似乎才清醒过来,口中不停重复:"没有了也挺好,没有了也挺好!"

有如鬼神附体,这句简单无比的话语,却在小言口里重复了有二三十遍。直到最后,不住嘟囔的道门少年才醒过神来,欣喜若狂,使劲摇着琼容的小手大叫起来:

"琼容,哥哥笨,哥哥笨!几百遍的《道德经》都白读了!

"无即是有,有即是无。'凿户牖以为室,当其无,有室之用。'唉——"

此时这声精气神十足的叹息,只不过是小言极端欣喜的表现:"愚哉!我这无了,便是有呀!"

"是的是的!"

见哥哥突然开颜,琼容早忘了自己手上的疼痛,也不管听没听懂,只管使劲欢快附和:"是的,哥哥!无就是有,无就是有!"

看她这模样,倒仿佛比小言本人更加快乐。这时,大喜过望的小言也意识到自己失态了,赶紧松开牢箍琼容的手,挣挣筋骨,一把掀开身上的被子,

第十三章 星光结旆,备朱旗以南指

一个弹身跳到地上。

在地上立定,刚经过一番大起大落的小言便平心静气,双目紧闭,开始用炼神化虚之术,重新审视起自己的身体经脉来。

这时冥冥之中,那第三只眼又静静浮现。在第三只眼的注视下,小言发现,如果说自己原来四筋八骸中太华流水所经之处,只是沟渠小河,那现在空空如也的经脉中就仿佛开辟出了另一个奇异的空间,望去如空谷大壑,又似宇宙星河,无边无涯,一时竟好似看不到尽头!

"罢了……"

澄澈空明之境中,小言此刻的头脑无比清晰。到这时他终于完全明白,原来刚刚死去的上古大神无支祁蕴蓄了千万年的灵机神力,并不像以前炼化的戾气元灵那样只为他增添几道太华道力而已。

这一回,乃是一举打破玄关,突破瓶颈,将他经脉内那些小川小渠,改造成了无穷无际的洪荒大壑。

无即是有,有即是无,有无之间互相生克。在天地无穷无尽的元灵精华面前,最紧要的,其实并不是今日或明天能炼多少灵气精元,而是贮藏万法之源的灵力神机的上限容积。

悟通这一点,只微一凝神,灵台空明澄净的小言,顿觉身周空间中有元灵之气浩然漫来,其势磅礴,有如长江大河般浩浩荡荡地冲入体内经脉中。

到了这时候,小言终于确定,自己这回不管不顾地吸纳了无支祁那么多神机灵力,对自己而言是有益无害。

这时再想起那个被自己亲手杀死的仇神,小言倒觉得有些怅然若失,心中一时也不知是什么滋味。

徘徊一阵,他便取过案头一只白玉酒杯,双手举过头顶,望空祷祝道:"无支祁将军,生生死死,往复循环。无论你生前如何,只愿死后化为英魂,他日转世再为善神……"

一言祷罢,他便将白玉杯中的美酒在地上遍洒一圈,以为祭奠。

这之后,小言又回白玉床上躺了一会儿,闲来无事,忽想起眼前小女孩先前的话语,便咳了一声,一脸威严,旧事重提:"琼容,你过来一下。嗯,你要不说我都忘了,你看这两天打仗,多危险啊!你一个小女孩家,冲锋陷阵刀光剑影的,让哥多担心。这样吧,从今往后,打仗的时候你就待在后面阵里别动,只看哥哥在阵前打!"

"……不要啊哥哥!"听得小言这席话,琼容大惊失色,"哥哥你这么快就要琼容解甲归田了?"

应用了一个刚学到的成语,琼容眸子中瞬间眼泪汪汪:"呜呜!哥哥你又不是不知道,琼容除了打架比较厉害之外,啥都不会,如果不帮忙打仗,其他就什么都帮不上了!"

其实这时候,她还忘了说一点,就是她还擅哭。她那眼泪真个是说来就来,只听得话音刚落,她明眸中蓄满的泪水便已如断了线的珍珠扑簌簌地直落,再加上一副扁着小嘴拧着眼眉的模样,任谁看了都不会无动于衷。

小言没想到自己只是这么一说,琼容竟反应这么大,手忙脚乱之余只好暂且撤去兄长的威严,换上一脸讨好笑容,赔笑道:"咳咳……妹妹你别哭哇!你看哥哥只是跟你商量嘛。好了好了,我们先不说这个。我们来猜猜你灵漪儿姐姐晚上会给我们带什么好吃的?"

琼容的哭声不由自主转小,一边哽咽一边回答:"呜呜,可能会带甜年糕吧?琼容最喜欢吃的!"

就在帐中这忙乱而温馨的小风波快到尾声时,天色也渐渐晚了。

就在那透射进莲花纱帐的日光渐转昏黄时,出去半天多的四渎公主也再度归来。

随她而来的，还有四名力士抬着的一座七宝沉香辇。

宝辇停在帐前落日余晖中，正是珠光耀映，灼灼其华。

听灵漪儿说，原来今晚四渎龙君将在伏波洲犒赏三军，特地命她来请昨日大战的大功臣——妖主张小言。

其实此时这位妖主体力已恢复大半，但在灵漪儿与琼容极力劝说下，又看那七彩纷华的座辇似乎极为神奇，小言就不客气地一脚踏在放低的沉香辇中，朝后一靠，稳稳坐牢，然后四位龙宫力士轻松抬起，朝伏波洲如飞而去。

数百里的距离，似乎转瞬即到，还没等小言闻够宝辇中馥郁莫名的奇特香气，便在力士们恭敬的提示声中抵达了伏波洲。

沉香辇靠近伏波洲的银沙滩涂时，正是夕霞抱月，清风逐浪，万里海疆中波平浪静。

小言乘坐的宝辇到达伏波洲外，那些服光耀彩的神人立时一阵欢呼雷动，个个都向这位杀败古神巨灵的勇士致敬。

到这时小言才发现，他之前想了一下午的说辞全都没用，听了那些震天动地、发自肺腑的欢呼声，他便感觉到，好像自从自己被拥为妖主之后，所有古怪惊人的战绩便都变得自然而然，顺理成章，丝毫没什么值得惊奇的了。

正心中感慨，不知是该惶恐还是自豪时，听到一阵洪亮话语传来："好小子，无支祁也死在你手里！"

一听这恢宏的话语，便知是豪爽的四渎龙君云中君。一天没见，等云中君阳父再看到小言时，只简短说了一句，便大笑离去，去别处张罗了。

"呵……"

被力士抬着转去别处接受欢呼，已有些晕晕乎乎的小言其实并不知道，在众人背后，刚刚离去的云中君正盯着他的背影，心中大乐："哈，臭小子！

你这身本事智谋,对我四渎来说太宝贵了!"

自认为划算至极的云中君,心中得意之余,又不免有些惆怅:"唉……老了,真要老朽了。不服老不行啊,这仗才打了几天,我就有点腰酸背痛了。唉,以后要靠他们年轻人了吧……"

在伏波洲的海天中,大约就在酉时,四渎龙军与妖族一道庆祝初战连捷的宴会便正式开始了。

这一刻,火光烛夜,万众欢腾,灵鱼戏于清波,玄鸟鼓翼高云,万肴浮于水,千盅共逐流,正是天为庐,海为席,鱼精兽灵齐戏,蛟妖禽怪同游,场面真个是浩大宏阔至极!

举办声震四海、光耀九幽的三军庆宴,不为别的,正是四渎要向南海龙域炫耀军威。

千百年来,一直被轻视的陆地水族,这一回终于能扬眉吐气。从今往后,他们再对上南海龙军海族之时,便不会再畏手畏脚!

这样狂热的妖神宴席大约进行到一半,正当夜风初起、海波动荡之时,跟随在四渎龙君身边的五大侍臣庚辰、狂章、虞育、冈象、冲翳,一齐立起,他们各个峨冠博带,风马云衣,飘飘然飞到半空,面向五行八方,一齐昂声吟唱:

旌麾奋兮震万里。

威凌宇宙兮动四夷。

六合不维兮谁能理!

其声磅礴,洪大无匹。

当此时也,所有海天中的四渎龙众水精妖灵,全都高声相和,向天而鸣。

伴随着呼喝啸鸣,火烈俱举,鼓角并震,真个千人唱,亿灵和,声动轰山,光耀白夜!

置身于这样宏大的场景中,斜倚在沉香辇中的小言自然也受感染,端正了身姿,随众神众灵一起唱和啸号,心情激动异常!

海宴尾声,远征而来的军士忽然齐熄了火具,停下了杯盅,莫大海疆中立即变得一片静寂。

这时,由琼珮藻蕤、玄裳雾结的四渎公主引领,数十名衣妆肃穆的女仙水姬鱼贯而出。她们神情庄重,凌波微步,双手捧着一盏盏莲灯,到了已被龙神平息了风浪的海波中,在星光之下怀着无比虔诚的心情,将一盏盏洁白的莲灯轻轻放到海流中。

神灯点点,海波悠悠,寄托着对战殁者无限思念的柔白灯火,就这样随波逐流,在三军将士的注目中渐渐远去,一直飘到望不见的尽头……

正是:

忆昔仙子宴仙皋,
五湖同唱大江潮。
几番酒倾污仙袂,
一醉拔剑问神豪。
才观凤仪翔嘉树,
又闻龙阙满琼瑶。

第十四章
翼展鳞集，信巨海之可横

波涛浩瀚的南海大洋中，星罗棋布的岛屿不计其数。其中较大的群岛有四座，海洲有十三座，合称南海四岛十三洲。

南海四岛是：神怒群岛、神狱群岛、神牧群岛、神树群岛。

十三洲是：惊澜洲、乱流洲、九井洲、炎洲、桑榆洲、南瀛洲、中山洲、银光洲、伏波洲、隐波洲、息波洲、流花洲、云阳洲。

四岛十三洲，从南海龙域开始，向西、向北、向东北排布，强力神人灵怪于其上筑寨守林，阻波兴浪，一同拱卫龙域中的神龙居所。

若再加上龙域东南的波母山和波母山东南龙族新辟之疆神之田，整个南海龙域所辖的岛屿，合起来就像只头在东南、尾在西北的大钟。

钟的提纽，为最东南端的波母山与神之田，钟顶为南海龙域，其下沿西南、东北方向环列着神怒群岛。神怒群岛往西北八百里，则为惊澜、乱流二洲，再其下八百里，则是九井洲。九井洲西北偏西五百里，乃盛产火光的南海仙岛炎洲。

从炎洲而下约两千里，沿西南、西、西北、北、东北、东六个方向的万里海疆犹如大钟下摆边沿，从东向西排布着神牧群岛、中山洲、南瀛洲、桑榆洲、银光洲、神树群岛、息波洲、伏波洲、隐波洲、流花洲、云阳洲等二岛九洲。

二岛九洲沿钟摆方向排列，虽然上下略有差别，但基本都在一条光滑的钟摆弧线左右。四岛十三洲中唯一在整个钟形之外的，是那南海龙域流放神将神怪之所的神狱群岛。神狱群岛在龙域向西南三千里、诸洲钟形下摆最西端云阳洲向南四千里处，孤悬海外，自成一体。

其中，四岛之中的神怒群岛紧邻南海龙域，乃龙宫近畿重地，一向由南海龙神宠爱信任的二公主汐影镇守，屯以重兵，固若金汤，牢不可破。由于汐影公主也是南海的风暴女神，故神怒诸岛海域又名"风暴海"，或称"风暴洋"。

从风暴洋向西南约三千里，则为神狱群岛外海。

此处海域与南海其他海疆大不相同。一般碧蓝的海水，到此处却是鲜艳如血，其中开满血红的巨莲，从空中看去一望无际，就好像整个海洋燃烧了起来，红光耀日，血流漂杵，十分可怖。

这片血一样的红莲之海，据说是神狱岛中关押的神囚被鞭打千年后，鲜血流出海岛浇灌酝酿而成，因此神狱群岛所在海域也被称为"血莲花之海"。

除了这流血千里的血莲花之海，四岛十三洲中还有一处十分奇异的所在，便是号称"翠树云关"的神树群岛。

神树群岛，虽名岛屿，但全部由南海神木构成。其中主岛为诸木之母，号为"云神树"，躯干方圆上百里，上通云天，下达海底，躯干树冠枝叶繁茂，叶色苍碧。又因其高大无比，白云雾岚多出其间，蒸腾缭绕，宛如仙境，便又被南海居民称为"翠树云关"。

翠树云枝组成的神树岛屿，碧秀青幽，也被共推为南海最美之地，其中灵禽慧木无数。

在遮天蔽日的青碧枝叶下，群岛中各处树岛间又漂浮着大小不一的青萍洲渚,大者方圆数十里,小者圆径只有两三丈,一块块一片片,上栖着羽色雪白的珍异水鸟,合起来真有如滚动着晶莹露珠的碧玉圆盘。

这些青萍组成的圆盘小洲,同顶上神木苍翠的枝叶,一道将方圆数百里的海域映照得碧透空明,澄翠无涯,就好似一块巨型的上等明碧翡翠。正因如此,神树海域也有别名,叫作"翡翠之海",一般直接唤成"翡翠海"。

翡翠海中,并无特定种族常住,乃是南海各族共同休憩休闲之地。其中最引人注目的两个灵族,便是分隔在神树岛两边的银光、流花二洲的蜂人蝶女。

十三洲中的银光洲,银沙遍地,明晃如镜,世代栖息着南海特有的巨蜂战士。四季长春、鸟语花香的流花洲里,则居住着姿容娇美的蝴蝶仙女。

在南海这些形态各异的种族中,流花蝶女与银光蜂兵世代通婚,生子为蜂,生女为蝶,千年来一直和睦结姻。

又因为中间隔着云神树以及伏波、隐波、息波诸洲,绕行起来两个姻亲洲之间相隔不啻数千里,往来十分不便。

有了这样的阻隔,银光、流花二洲的蜂灵蝶女相会相交之所,便选在了云关神树。他们的子女也都产在神树岛上,直到长成之后才各归银光、流花二洲。

因为这样的缘故,灵碧如幻的翠树云关上便多了一道风景:那些蝶女产下的雪白圆卵,圆润晶泽,宛如珍珠,挂在葱翠欲滴的神树枝叶间,清风一来便随风轻轻摇摆,望过去真是赏心悦目。

除此之外,那些已经破壳而出的蜂子蝶女,刚生下来便知和兄弟姐妹们在翠叶碧枝间追逐嬉戏,蜂翅疾扇,蝶翼飞展,纤细的身形不时在枝叶间弥漫的白云中淡出隐入,飘逸轻盈,仰望去正是仙境中最美丽的精灵。

如此宁静安详的神树群岛翡翠海,和那风波诡谲的风暴洋、血气冲天的血莲花之海一道，又合称为南海大洋中的"三神海"。

南海四岛中除去这三个，剩下的那个神牧群岛，在所有的洲岛中最为神秘。

神牧群岛的主人从不轻易以真面目示人，只有从他们辖下的桑榆、南灟、中山三洲上那些能征善战的灵怪口中，才能隐约得知，他们的主人乃是远古天神的遗族，据说是伏羲太阳神一脉，号为"旭日重光神"。

神牧群岛中这些旭日重光神，数目并不多，两三千年来也从没在南海大大小小的战役中出手过，但从他们的血脉传承来看，应该是神力如海，深不可测。

如果不是这样，威加南海的水侯孟章也不会对他们如此看重，默认他们节制自己境内的桑榆三洲。再者，如果不是神力通天，这三洲中许多桀骜不驯的强力神怪，也不会如此顺从地臣服在他们麾下。

在四岛十三洲之外，龙域东南的波母山亦是方圆数千里的大洲，只不过虽然占地广大，上面却荒芜不堪，人迹罕至，荒漠野草间猛兽恶禽出没无度。

这座荒洲唯一出奇之处，便是荒洲上生长着一种怪兽，形似鼠而两足，头似鹿而无角，跃似羚却尾长。母兽腹间，还似有皮肉口袋，其中似有物蠢动，十分奇特。当然南海广大，这样的怪兽虽然奇异，比起其他让人匪夷所思的异类种族来说，还是大大不如。

在荒芜的波母山东南，南海大洋深处，则是一处更为奇特的所在，那便是南海少主孟章五百年前新辟的疆域神之田。

神之田其实是一处幽冥晦暗的海渊，其中漩涡无数，阴风怒号，整日可听见万鬼号哭。这处阴冥海渊本不叫神之田，南海龙族从烛幽鬼方手中夺过来前叫"圣灵渊"，乃是烛幽鬼族的圣地。

当然，"圣灵渊"的叫法即使在当时也只是鬼方一家之言，其他龙域辖内的生灵都称这个鬼族圣地为"鬼灵渊",一向都是敬而远之。一般而言,那些不在仙神人兽之内的鬼物阴灵,极为诡秘难缠,其他各界灵族都不会轻易招惹。

只不过,不知是为立威还是有其他原因,就在八百年前,那位年轻气盛的南海水侯却在一统南海诸岛灵族之后不久,还未休养生息,便挟着新胜之师,和那些刚被征服的各洲勇士一道,十分坚决地攻打烛幽鬼方。

这一打,就是八百余年。

虽然大概在两百年后南海联军终于攻下了鬼族圣地鬼灵渊,并换了一个颇带羞辱意味的名称"神之田",但在那之后,南海联军就再没能前进一步,只能在鬼灵渊外不远处的海疆中和烛幽鬼族不停拉锯争夺,数百年间双方各有胜负。

由于波母山处在鬼灵渊和南海大本营之间,新辟之地神之田和烛幽鬼族盘踞的地盘中间便再也无险可守,于是孟章便将威震南海的八大浮城尽数安排在神之田之外,首尾相衔,以抵挡鬼方无休止的扰袭。

对于这样的守势,水侯辖下各族中那些有识之士,倒还有些其他看法。

因为,纵观整个对鬼族的作战,己方花了那么大力气攻杀,到最后也只打下一座废弃的鬼灵之海,虽然鬼族称其为圣地,但其实不能吃不能住,还很吓人,实在不划算。

说到底,连绵数百年的战争,除了收获一座死渊,在战争中掠来一些鬼灵贩卖至各处充当鬼差鬼役外,其他真是什么好处都没捞着,也难怪这些出了力气的人长期腹诽。

对他们而言,为了这些蝇头小利,去占了别人的圣所,和那些极其难缠的鬼灵成了生死对头,从此觉都睡不安稳,实在是不值。

这些倒还没什么,最重要的是,这些见识高明之士隐隐约约感觉到,有今天这样进退两难的尴尬局面，其实根源还在他们现在实际的主公水侯孟章身上。

他们的水侯，一贯英明神武，勇猛精进，但不知何故，却在对鬼方战略上畏首畏尾，极为保守，打下一座死城之后就故步自封，光安排着几座浮城死守，却不思进取，再无有效方略彻底消灭鬼族。

每次他们向水侯踊跃进言，直谏不如倾南海所有人力物力，突飞猛进，奔袭万里，彻底攻下鬼母老巢，却都只是被水侯嘉勉一番，到最后还是啥实质行动都没有。

这样看起来，虽然他们的主公和那些谋臣嘴上口号喊得震天响，说什么阴邪鬼界是南海和平安宁的最大威胁，南海诸族和它们不共戴天云云，但这样浮华昂扬的背后，实际上是无心再战，只想守成。

为什么胸怀大志神勇无俦的孟章水侯会这样一反常态，松懈怠慢，首鼠两端？这个疑问盘桓在南海许多人心头数百年，却始终琢磨不出个所以然来。

直到今天，当几千年来南海头一回有外敌主动来袭之后，胸中横亘了数百年的疑问，好像终于有了得以解答的希望。所有心思敏锐的神怪长老，似乎都从案头上四渎龙军刚送来的宣战檄文中，嗅出些与众不同的味道……

撇去这丝令人惊喜的启发，南海中真正有力量的诸侯到这时才猛然发现，原来自己一方与敌人打了三天轰轰烈烈的大仗，对方竟一直是战而不宣。直到几百年来未尝一败的己方大败亏输，龙域主力折损严重，对方主帅才送来义正词严、文情并茂的华彩檄文。

"唔……看来这位远房祖龙，绝不简单！"

看着檄文上自称南海水侯"远方祖父"的四渎龙君所书之字，不少人都是若有所思。

等大略浏览完手边这张藻纹锦质的檄文战书，这些海族首领再看看那个正转身离去的信使背影——一只让自己连杀心都兴不起的烂鱼弱蟹，大多数人心里便都明白了，自己这势单力薄的南海灵族，又到了一个生死攸关的抉择时刻。

于是不管有没有动心，所有人都重新拿起这份刚收到的檄文，对着光亮认认真真地研读起来。

就在他们郑重揣摩檄文之时，却有一人脸色铁青，带着三四个亲卫，左手捏着锦檄，右手提着宝剑，风风火火地闯进一处幽雅洁净的轩房中。

"呀！原来是三弟——"

正在书轩中专心读书的温谦公子，见那人进来，刚想站起身来打个招呼，却忽然看清他的面容，再一看跟着闯进来的那几个神将的神色，便一下子惊得跌回了身后的玉椅中，脸色唰一下变得苍白如雪！

第十五章
寒来秘境，雪浪若阻征帆

雅洁小轩中奔入的神人，不是别人，正是新近大败的南海水侯孟章，在轩房中诵书的温和男子，则是他的大哥，南海龙神蚩刚的长子伯玉。

三弟一向对自己不闻不问，现在突然提剑闯入自己书房涌玉斋，伯玉顿时被唬得面如土色，不知出了什么事。

呆愣了一下，一头雾水的伯玉便在心中小心措辞，准备跟自己这个威名远震的三弟试探询问。

这时候，刚刚汹汹闯入的南海水侯也稍微平静了下来，两眼炯炯地盯着自己兄长，一言不发。

过了一会儿，正当伯玉终于想好措辞，准备开口问话时，他那脸色凝重的水侯弟弟却先叹了口气，回身挥了挥手，说道："你们都退下吧。"

"是！"几个神将应声鱼贯退出，一时间幽雅小轩中只剩下兄弟二人。

又静了一会儿，伯玉开口小心翼翼地问道："不知三弟到此，所为何事？"

"你自己看吧。"

到得这时，盛气而来的水侯已完全平复下来，听得伯玉之言，脸色平静地应答一声，便将手中那轴已被捏作一团的锦书，一把撂在兄长眼前的书案上。

等看见明黄的檄文锦书在眼前舒展开，孟章便语带嘲讽地说道："伯玉大哥啊，你看看，你那位远方老祖父正给你撑腰哪！"

"啊？"听得弟弟之言，伯玉吃了一惊，不知何意，赶紧拾起锦书从头到尾逐字逐句地观看起来。

锦书上文字并不算多，但这位饱读诗书几乎能一目十行的伯玉公子，却读了将近小半炷香工夫才终于读完。

他观看锦书时，脸上神色也是变幻无常，本就苍白的面容现在更是一片惨白。

伯玉此时阅读的玉轴锦书，正是四渎云中君刚传达四海的征讨檄文，才开始读了几句，文采过人的南海大太子心中便蹦出一个念头：执笔讨伐檄文的四渎文臣，绝对是个高人！

原来他手中这张征伐南海的讨逆战书，前半部分自然是历数南海罪恶，其中主要便是指责南海实际之主水侯孟章的种种倒行逆施之事。

比如，檄书极为直白赤裸地攻击孟章本人，说他生性残暴，行事悖逆，虽然生为神圣龙族，却十分乖戾，用战书中原话就是"有类獠狖"。

正因有这样邪恶的禀性，千年前他才妄动刀兵，烽火连天，以屠城灭族的残暴手段强逼南海各族臣服龙域。

在这样血泪俱下、极为煽情地离间南海君臣诸侯关系之后，檄文又细细列数孟章新近之恶，归纳起来大略有以下六大条：

一、收容四渎叛臣无支祁。收留之后，不惟不教化向善，反纵其行凶，肆虐海族；（檄文注："此逆已伏诛。"）

二、近一百年中暗遣使者谋臣，包藏祸心，游说四渎水系诸神，妄图分裂四渎神族，置神州千万子民于孟章一人淫威之下；（檄文略附曾受蒙蔽、现已幡然醒悟的肄水翁成等一十二名河神证言。）

三、妄起兵锋，屠戮"神鬼之会""万物之灵"的人间道徒；

四、性情邪恶，垂涎四渎公主多年，求亲不成反图抢劫；

五、蓄意谋害张小言，并杀害其堂中弟子一名；

六、秉性悖乱，妄扰亡灵，抢夺烛幽鬼方圣地，欲行不轨私念，称霸六界轮回。

如此血泪斑斑、言之凿凿地历数过种种旧恨新仇之后，四渎檄文又重点提到，南海龙贼孟章，做下种种倒行逆施之事，大背天道轮回，已无龙主之相。作为南海龙族蚩刚以下孟章这一代龙神的远方祖父，四渎龙君阳父不仅有必要和其他苦主一同讨回公道，还必须承担长辈教育之责，矫枉纠偏，替识人不明的南海祖龙挑选真正的南海共主。檄文郑重指出，此人不是别人，正是南海龙族大太子伯玉。

称赞过伯玉的种种美德品质，号召南海各族弃暗投明重效明主之后，檄文后半部分还特意指出：

此番举大义之旗、兴正义之师讨伐南海逆贼之旅的，只是受孟章荼毒的苦主。

这般说明之后，这篇檄文便到了它最华彩的部分。檄文写道：

"……（义师行处）雷震万里，电曜天阙，金光镜野，武旗耀日。凭皇穹之灵祐，亮元勋之必举，挥朱旗以南指，横大洋而莫御。狄海浪惊，夷山未平；星光结斾，剑气舒精。云开万里，日丽川明。"

如此华丽结尾之后，末了便是几个受南海戕害的苦主签名，在主事人四渎龙君阳父之后，赫然缀着以下名号：

罗浮上清，玄灵妖灵，张小言！

当然，最末的署名也好，辞藻绚烂的诏文也罢，全都是格式套辞，徒壮声势,最多也只有伯玉这样的文人才会细细品评。

涉及相关利益的诸侯真正关心的,还是檄文前面的核心内容。檄文立意站在高处,文辞又写得通情达理恰到好处,读完后就连被攻击对象孟章水侯,鄙视之余也不得不承认一个事实:这檄文十分鼓舞人心!

如果有谁只看到这檄文,和他水侯孟章又没什么利害关系,掩卷之余免不得也要骂一声:"狗贼!"

正因如此,第一眼看到这檄文时,威风千年、城府森严的神主水侯,也忍不住暴跳如雷,拔剑敲碎了两枚案头海玉明琛。

当然这时他已经平静下来了。

看到那个推伯玉为主的敏感倡议他固然十分恼怒,但此刻真站到了自己大哥恬谧幽静、尘声可听的涌玉书斋时,孟章终于觉得,也许真是自己的养气功夫还没练到家,不得不承认,他有些中了执笔檄文之人的圈套,妄怒了。

等想通这点,孟章便不由凝神看了看眼前自己这位大哥:"呵……就他,可能吗?"

对眼前这位还在反复咀嚼檄文文句的兄长,他孟章再了解不过了。

按纲常秩序来说,继承南海的第一人选当是他这位伯玉兄长。只是天不凑巧,他大哥一生下来,便真像他的名字一样,温润如玉,生性怯懦,完全没有龙主之风。

刚开始时,伯玉被祖龙逼着继承家业,各个场合装模作样应付一下,倒也似模似样,但到了千年以前,当龙域开始大规模征讨海域中那些不服王化的灵族时,他的劣性便暴露无遗:兵火连天之时,南海少主全忘了父王教诲,在战争最紧要之时不仅不勤加磨炼,反而偷溜到神州中土毗邻南海的村人市集中去,搜罗竹简玩物,玩得不亦乐乎。

这样玩忽战事，自然没有好下场，他差点就被尾随而至的凶悍灵族杀害，要不是孟章冒死来救，以一挡百，他这个龙族大太子早就死于非命了。如果真是那样的话，伯玉便会成为四海龙族千万年来第一个被"低劣"种族杀死的太子，恐怕从此就要遗为各界笑柄了。

这次事故的后果是，三心二意的龙太子虽然逃过一劫，但从此不准继承父业，还赢得一个不太光彩的诨名——"懒龙"！

就这样一个无用的大哥，能取代自己成为南海共主？

忽然之间，心中忖念的水侯嘴角不禁露出一丝笑意。于是还没等自己长兄开口，孟章便已和悦了颜色，先行说道："大哥，此番是我鲁莽了。这檄文用心险恶，肯定又是那狡猾老贼的奸计。"

"极是极是！"

虽然弟弟的道歉并无多少诚意，但伯玉这个做大哥的却如蒙大赦，擦了擦额角一片冷汗，也不顾手中黏湿，赶紧点头附和："还是三弟英明！大哥我是自家知自家事，一向烂泥扶不上墙！唉——"

急急说到这儿，伯玉却叹了口气："说真的，这檄文也就这儿白璧微瑕，否则就该是我迄今见过的文理最好的一篇檄文了。"

话至此处戛然而止，伯玉醒悟过来不禁大为惶恐，赶紧自责道："三弟你看我这嘴，又是痴性发作了！"

"哈哈！不妨不妨。兄长又何必和我这般客气！"

看着自己大哥这个样子，孟章却忽觉得心情很好。到现在气也消了，他便准备离去。

只是，不知怎么，一扬首刚准备开口告辞，海日斜晖中孟章正看到自己兄长那副唯唯诺诺的谦懦样子，忽又是一阵没来由的厌烦，刚到了嘴边的告辞话也就咽了回去。

环顾四周,看见西墙壁那一排葵竹书架,孟章稍一打量便袍袖一扬,呼一声卷过几册竹简图书摔落在伯玉面前的书案上。竹册摔落之处,日光影里一时间尘灰飞扬。

"兄长!"刚刚还和颜悦色的水侯,瞪着这几册沾满灰尘的兵书战策,突然提高声音很不客气地说道,"我龙神子孙书斋中的兵书战策,可不是拿来装门面的!"

孟章又有些怒火中烧,厉声说道:"兄长可知道,现在正是多事之秋、生死存亡时刻,我等龙族子弟,自当全力备战,奋勇御敌,没有谁能置身事外!"

原来孟章忽想到,远道攻来的四渎龙君大得亲族之助,上下齐心,尤其是那个无名小子张小言,更是杀死了自己的一名得力爱将。

再看看自己这边,亲族中除了父亲还有二姐之外,便再没什么勇猛多智之人,想想若不是有自己积威压着,那些好不容易收服的异类灵族恐怕早就分崩离析,投敌而去了。

孟章发怒,正是忽然想起这句俗语:"打虎亲兄弟,上阵父子兵。"

可眼前自己这兄长……于是此刻孟章那点疑忌之心,早就被恨铁不成钢的怒火代替了。

见三弟又生气了,还说到自己痛处,伯玉一时只能讷讷嗫嚅,半天也说不出一句话来。

见到他这副窝囊模样,文武双全的神勇水侯反而平静下来,沉默一阵,忽言道:"伯玉兄长,你可曾听说过昆吾刀?"

"昆吾刀?知道知道!我曾经在书中看到!"

虽不知弟弟是何用意,但伯玉此刻心乱如麻,正不知如何回答,听得孟章岔开话,赶紧接茬,奋勇答话。

只听他开始滔滔不绝地背诵道:"西海之外大洋之中有流洲,上多积石,名为昆吾。冶石成铁，作剑，光明洞照如水精，割玉物如切泥土焉——"

伯玉正摇头晃脑朗朗背诵，却忽被孟章打断："兄长，原来你知道得这般清楚，那你可曾着人或自行前去探察求剑？"

伯玉哑口无言，神色颇为狼狈。

到这时孟章没再说别的，只淡淡道："伯玉兄长，小弟那正有一口上好的昆吾刀，既然兄长知道，那我明日就着人将刀和那册《乱玉批风刀谱》送来，供兄长赏玩！"

一言说罢，孟章便抛下面色尴尬的兄长，卷起檄文转身离去，出门后袍袖一扬，砰一声关上了身后书房的门。

且不说门内伯玉太子一脸苦笑，如何计较，再说水侯孟章，他昂然来到门外，忽见水晶假山边自己带来的那几个亲卫旁边，正肃立着一名龙殿传令官。

见到传令官，水侯孟章心中一动，便问："何事禀报？是不是又有紧急军情？"

听他问话，候立已久的传令报事官赶紧趋步向前，恭敬回答："见过水侯！

"水侯容禀，军情也是有的，不过龙灵大人遣小的来，是想问问水侯大人事情是否已经办完。若家事完毕，便想请水侯去镇海殿中主持，一起商议形势。龙灵大人正和诸位将军在镇海殿中等候。"

听得这番禀报，自出房门便面沉似水的水侯，脸上颜色稍霁，正要答话，手掌却恰好触到那张收在自己袖中的锦书檄文。

原本已经和颜悦色的他脸色突然一下子沉了下来，喝道："此事不急！你且回去请诸位大人好好候着，本侯还有些私事要办！"

打发走报事官，孟章又扭转身躯，跟几个亲卫属臣说道："你们几位也先回去,各司职守,切勿懈怠!"

一脸严厉地说完,孟章便抛下面面相觑的亲卫随臣,脚下一跺玉石甬路,身躯疾转,腾空而起,径往远方疾飘而去。

等他去得远了,仍愣在原地的龙将中那几个眼力好的,隐约看到,自己的主公掠过一片琼光四射的珊瑚林,穿过数亩柔带飘摆的海藻田,正向极远处一处布满冰晶的洞窟奔去。

这些龙域中品阶较高的龙将,对于这处水侯急急赶去的目的地,再是熟悉不过,那正是南海大洋龙域中一处奇寒所在——冰晶洞,又名冷寒窟。

"莫非水侯……"

这些水侯近卫心里十分清楚,那个往日只用来制冰避暑的冷寒窟里,此刻正收藏着一具奇异的躯体。从某种意义上说,今日他们面对的这场战争,还有那位刚刚殒命的寒冰神将之死,都与这具窈窕柔弱的躯体有莫大关系。

想到此处,再看看主公汹汹而去的身影,这些也算天不怕地不怕的龙族勇士,却忽然没来由一阵心慌。

就在这时,当高大的身影迅速接近那个白茫茫的洞窟入口之时,数千里外面容清和的小言,却是懵然无觉,还跨在一头金鬣雪鬃的海兽神驹上,专心带领着身后成千上万的妖神大军,依着云中君的筹划,纵横驰骋在碧涛万里的海疆上!

第十五章 寒来秘境,雪浪若阻征帆

第十六章
灵木贞香，看她拈时微笑

孟章来到龙宫奇境冷寒窟前，沿冰晶梯盘旋而下，便来到冰窟正洞中。

苍茫南海之下的龙域中，多有与世隔绝之处，这个冰晶洞冷寒窟便是一处。虽然冷寒窟幽深窅冥，入洞玉石晶梯盘缠曲折，将海日明曦隔绝在外，但洞窟内到处都是冰雪堆叠，晶玉如丛，只要有一点微弱的光亮，几经折射之后便仿佛成了一盏光华四射的明灯。

因此，现在孟章置身的这个偌大的冰晶洞，只不过洞顶冰穹上镶着一颗鸡卵大小的清柔明珠，便将整个洞窟照得明白如昼。若不是孟章神人眼目，恐怕刚一下来还会被白晃晃的光芒刺盲双目。

虽然冰晶洞中处处寒光闪烁、冷气袭人，但四周洞壁冰雪罅隙间，仍然顽强生长着不少奇异的藤蔓。

翠绿的枝条在冰雪柱丛间伸展蜿蜒，看上去就好像雪玉版上翡翠雕成的碧龙。在这些绿蔓缠绕的雪柱冰岩间，又分布着五六个洞口，幽幽窈窈，风雪萧萧，也不知通到何处去。

原来这冷寒窟也和世间大多数溶洞一样，主洞之外又有洞窟，大洞套小洞，连环交通，地形十分复杂难懂。

孟章来到寒气飕飕的冰洞中,略一停步,稍稍适应了一下洞中逼人的寒气,便大步直奔冰洞中央那座万年寒冰凝固成的冰石床。

此时冰石床上,厚厚冰雪中躺着一名女子,面容恬静,宛如睡着。

冰雪之中的女子,不是别人,正是雪宜。

自从她上回救主遇难,被孟章带回后,便被安置在冰雪洞窟中的这张冰石床上。

这几天里,南海中大仗小仗接连不断,孟章作为一方主帅正是焦头烂额,早将这事忘在脑后,直到今天他接到檄文,看到杀害张小言堂中弟子的指控,才心中一动,突然想起这茬来。

此刻立在冰石床前,看着白雪中宛然如生的恬淡容颜,一向自负称雄的南海少主孟章水侯,心中却是百感交集,五味杂陈。

谁能想到,筹谋那么久的雄图大计才刚迈出一两步,这么快便遭到重大的打击挫折?他孟章非但没把宏图伟业推向整个广袤的陆地川泽,反而还被别人打上门来,固若金汤的南海防御一夜之间就被人打破,形势严峻非常。

"为什么会这样?"

这个问题,从开战后第三天那场出乎意料的大败起,孟章就在不停地问自己。

只是,反复扪心自问,推演运筹,直到今天他还坚持认为,这事从头到尾自己完全没有错,局势发展到今天这个地步,一是世人目光短浅不理解自己用心良苦,二是在整个事情中,出了几个意外的差错。

是啊,真是意外。当自己的神思在北方那片广阔无垠的山川大泽间纵横穿行时,竟出了意外!

自己一片苦心,竭尽雄才伟略,一门心思想着如何为南海子民打下一片基业，谁承想在这群人当中，竟出了无耻的叛徒！固若金汤的大洋岛链，一夜间就被敌人撕开一个大口子。谁能想象伏波洲那个一贯忠厚贤良、满口仁义的孔涂不武竟会叛变？这是他孟章的第一个意外。

"唉，看来这些灵族毕竟非我龙族，其心必异，不可深信！"

想到这一点，孟章满嘴苦涩。

第二个意外，则是自己经营多年，费了无数奇珍异宝喂饱的那些四渎神灵。

这些无耻小人，一夜之间和自己翻脸。特别是那个肄水翁成，原本已经完全倒戈，还对自己多有帮助，最后被那一老一少两个奸贼一唱一和稍微一吓，便又回归四渎，十分没骨气。

不仅如此，据称这个软骨河神还在近几场海战中英勇奋战，伤了己方不少大将，更是让人生气。

若只是这些，倒还没什么，只怪自己识人不明，最让人不能忍受的，是鄱阳湖中那条老奸巨猾的老龙，暗中获知自己在他麾下灵将之中活动时，表面上装着不知，还优哉游哉地常去长江口酒棚处喝酒，暗地里竟叮嘱那些手下虚与委蛇，每次交接时口头如同抹蜜，南海送上的物产宝贝照收不误，到了开战时分，便都充了军费！

"呸！阳父你这老不死的，真够厚颜无耻的！"

一想到这事，孟章忍不住破口大骂，一时间震得四壁冰雪簌簌直落。幸好此时周围无人，也不怕损了他的水侯形象。

除了这两个让人气愤的意外，最后一个便是那个凡人小子张小言。

一想到他，孟章只觉得口中更加苦涩。真是让人想不到啊，只不过在几个月前，这人两次来自己龙域时都唯唯诺诺，一副卑琐不堪的模样，谁承想风流水转，他这么快就小人得志，还杀掉他一员大将！

说起来，相比那个暗算他无数回的厚颜老龙，孟章反而对张小言这个凡人更不能原谅。

尊贵高傲的龙族水侯有个奇怪的情结，那就是他认为无论鄱阳湖那条老龙如何狡猾卑鄙，说到底也是神龙一族，和自己一样都是天地中最高贵的物种存在，夸张一点说，即使到最后四渎龙君将自己彻底击败，那也是他们整个高贵龙族的胜利。

只是现在，那个突然冒出头的凡人少年，竟然也敢在这场轰轰烈烈的龙神之战中上蹿下跳，带着一群更为卑贱的妖物，跑到神族领域中来跟自己挑战。

"哼……他算什么东西？区区手段，只合哄骗无知之人；巧言令色，只能唬住鬼迷心窍的老龙。得了几件厉害宝贝，就敢来跟本侯交战？"

想到这儿，再回想先前海马细作来报，说是那少年打着为遇害同门复仇的旗号来南海，孟章就忍不住发笑："吓！这样的鬼话骗谁？"

也许和上次南海阅军时自己跟龙灵子说的那样，这个张小言，和自己一样都是个骄傲的人。从后续种种情形来看，自己和他除了这点相同之外，其他还有诸多相似之处，唯一的区别只是性质高下。

从这点出发推断，他很可能同自己意图称霸三界八方一样，也不甘只当个普通的人间道徒。

"为遇难同门、遇难弟子报仇？"

哈，笑话！这样品性的人，最珍惜的一定是自己，如何会把门人弟子的性命放在心上？

这点他孟章再清楚不过。

比如他孟章，表面上虽然对四渎龙女倾心相许，一往情深，但实际上，他也只不过是想把灵漪儿当作跳板，看婚事成功与否再决定对四渎是强攻还是智取。想这个张小言，心里又何尝不是差不多的心思？

伫立沉思良久，孟章忍不住把思绪拉回到眼前这个躺着的清丽女子身上。

身旁洞里冰光缤纷缭乱，光怪陆离，冰雪中的女子却依然一脸清婉恬淡，幽雅宁和。

雪宜身上那件素白的裙衫，宛如一朵覆雪白云，秀曼清宁的全身上下，只有额上如云发丝中那支枯萎的绿木钗，如一片秋叶落在鬓上，显得稍有些不协调。

除此之外，已经殁去的雪宜身上，静默中却显出一种难以言喻的风姿气度，看久了竟让人的目光不自觉地深陷，万念俱息，久久不能复回。

当然，水侯孟章并非常人，此时仍能够心有旁骛。

望着眼前宛如画中仙子的殁去之人，留意到她嘴角旁那抹安详的微笑，铁石心肠的水侯也忍不住叹息一声。

念及此处，孟章抬手向前，似要向女子拂去。就在此时，忽听得身后一阵风声乱响，有人高声大呼道："水侯不可！"

"嗯？"孟章不用回头，听声音便知来人正是自己手下头号谋臣龙灵子。

听他赶来，孟章住了手，转身面带不悦地问道："龙灵，为何不可？"

"这……请君侯明鉴！"听龙将禀报后匆匆赶来的龙灵子，顾不上喘息便急急说道，"君侯您这是想要毁掉这女子的肉身替无支祁将军出一口气？这万万不可！"

忠心耿耿的老臣十分激动："水侯！您即使神威远著，恐怕一时也不能察觉秋毫之末！您想想那凡人少年张小言，打着为这女子报仇的旗号，靠四渎宝物对无支祁将军遽下毒手，可见是心狠手辣之人。

"水侯若是为一时之气毁了这女子，恐怕那少年更有了借口——损毁遗体，尤其是一个弱女子的遗体，传出去恐怕更有损水侯的威名！现在四渎蛊惑人心的檄文一出，四方已是人心浮动，对我南海多有不满。再者——"

说到这儿偷眼观察一下孟章，见他并没动怒，反而还在神情凝重地认真倾听，龙灵子的胆气顿时又壮了几分，将自己最新得到的消息报告给主公听："老臣刚刚听神影校尉回报，说四渎龙军将无支祁将军的遗体，会同那座寒冰浮城，一同送往后方了。

"寒冰城据称已被移去鄱阳湖四渎龙宫中协助防守，无支祁将军的遗体则被送往淮河水底厚葬。他们说不管无支祁将军生前如何作恶叛乱，现在为主英勇战死，理应得到尊重。无支祁将军原本是淮河水神，现在便让他回归故土。如此种种，水侯您看……"

"嗯，龙灵你说得很好！"龙灵子说完，孟章便不再沉默，和颜悦色地接言说道，"龙灵前辈不愧是我族老臣，果然思虑周详！"

不等属臣受宠若惊想要称谢，孟章已接着说道："龙灵你放心，四渎假仁假义收买人心之事，本侯早已洞若观火。刚才你误会了，本侯只是看到有支冰凌掉在这女子身上，甚是碍眼，便想拂去。"

"呃……原来如此，倒是老臣大惊小怪了！"

"嗯，不过你一片忠心可鉴。"

夸奖一句，孟章便转身将那支碍眼冰凌拂成一阵雪粉。

等高大的身躯转回来，他又直视这位老臣子说道："龙灵啊，其实此事你还是少想了一层。"

"嗯？恕老臣愚钝，请主公明示！"

"哈……"孟章傲然一笑，说道，"这倒不是你愚钝，而是相对有些恶人来说，你龙灵还是太过忠厚！"

"啊？此言何解？"听孟章这话，原本弯腰控背说话的龙灵直起腰来，望着自己的主公，一脸的茫然。

"是这样,"只听孟章沉声说道,"我们不仅不能毁去此女,反而还得多加保护!"

"……你是说,要提防四渎?"

不愧是南海头号谋臣,龙灵子一点就透。

"对!"孟章点头赞许,说道,"正是如此。区区一个躯壳,本不算什么,但正如你所言,那个张小言,出身卑贱,难保他六亲不认,很可能会派人潜入我龙域之中,设法将这个姑娘遗体毁掉,然后四处宣扬,栽赃到我南海头上!"

"是是!主公英明,主公英明!"

龙灵子满口赞扬之时,没来由地感到一阵轻松,竟好似大大松了一口气。

且不提龙灵子如何谀辞如涌,又或是之后这君臣二人如何小人之心,在这一隅洞窟中继续对那些可恶的敌人做各种凶险的揣测,总之当他们二人离开冰洞之时,神力高深的水侯随手挥舞,让那白茫茫的洞口忽然冰玉丛生,密密层层,转眼间冰洞入口就已封得密不透风。

于是这之后,冰洞中那空谷幽兰般寂寞的面庞,便被隔绝在一片更加沉静的死寂之中。冰光幻影里恬淡的娇靥也变得更加宁静,仿佛冰雪中低回的灵魂已从刚才的对话中得到某种启示,正安然入梦……

正是:

　　离魂附木为萤火,
　　幽恨如冰化水晶。
　　劫后魂丝连复断,
　　雨边残月死还生。

第十七章
视我草和芥，报之血与火

孟章、龙灵子二人出了冰晶洞，将洞口封上后便一同赶往镇海殿。

要在平常，南海中这两个位高权重的人，走路时自然要讲究威风八面、仪态万方，绝对不会轻易言笑，只不过现在不同，情势紧迫，孟章、龙灵子一边走路一边抓紧商量时局对策，到达镇海殿晶莹宽阔的白玉阶时，主臣二人已琢磨出两条重要策略。

鉴于张小言曾经召唤出无数骸骨亡灵，难保四渎一方没跟烛幽鬼族私相勾结，他们便不能对东南鬼方掉以轻心。一席简短对答后，孟章已经决定，在今后的日子里，即使前线战事再吃紧，也不能轻易将防守鬼域的镇海浮城调离，以免中了调虎离山之计。

也难怪孟章如临大敌，现在他心里是真有"鬼"。

这鬼，便是现在的神之田、当年的鬼灵渊。

从他刚拿到手的四渎檄文来看，鬼灵渊中那个瞒得很紧的秘密，四渎龙王很可能已经洞悉。四渎这回发兵征讨南海，除去其他冠冕堂皇的理由不提，最根本的一个原因，便是云中君那个顽固不化的老古董，试图阻止孟章破解鬼灵渊中那个沉寂数千年的秘密。而这个秘密，一旦重见天日，眼前的朗朗乾坤定然会被搅得天翻地覆。

对于这一点，此时南北对峙双方统帅可谓心知肚明。

别看现在大家打得轰轰烈烈，四渎似乎也维持着不小的优势，一旦孟章破解了鬼灵渊中的那个秘密，则不仅整个战局会瞬间颠覆，整个广袤无垠的北方大陆从此也将会完全置于南海统治之下。

正因这一点，孟章现在下定决心，不仅自己手头剩下的七大浮城不能轻易调离，镇守神之田的吞鬼十二兽神也绝对不能轻移。

除去这个关键点，南海现在最需要做的，便是赶紧抛出一份反击的檄文，并尽快找来强援。

虽然说打仗最终还是靠手底下人见真章，但口头上这些扯皮的事情仍不可轻忽。在遍传战书檄文的同时，也得跟那些友好力量说明唇亡齿寒的关系，许下丰厚承诺，争取让他们尽快发兵驰援。

不可否认，经过前些天那两场硬碰硬的大战，特别是在无支祁战死、寒冰城被俘之后，南海龙域的实力与士气都已经大大受损。如果没有强援，光凭一己之力，覆亡很可能只是迟早的事。

在这种形势下，素来傲慢自负的南海水侯表现出极为出色的决断能力，没有任何迟疑，立即判明形势，决定求援。

一旦放下身段，孟章头一个想到的求援对象便是统领北方大洋的龙神禺疆。

这禺疆，和其他几位水族龙神不同。这位北海龙神不光会行云布雨、倒海翻江这些龙神必备神技，还兼具其他数种异能，同为海神、风神、瘟神。

正因这一点，在四海龙王中，禺疆便成为最神秘莫测的神灵。

传说，禺疆不仅身具三能，同时还变化无穷。他巡游海疆时，人面鱼形，手足具备，乘骑双头黑龙。他性情极为狂暴，所到之处必然掀起一场海啸。

禺疆化身风神、瘟神之时，则又现人面鸟身之形，两耳各悬青蛇，足下亦踏两条青蛇，遨游御风，相貌温和。这样风度翩翩的北海之神，还有一个优雅的表字，叫玄冥。

当然，作为四海龙族中最著名的凶神，即便化身风度翩翩的风神，禺疆所到之处仍是祸害无穷。

他化身人面鸟身时，鼓起的大风便能传播瘟疫。如果他刮起西北风，则即使是身具法力的神灵，也会神气大伤。因此禺疆刮起的西北风又称厉风。厉风一出，真是诸神退让！

虽然北海之神禺疆性情孤僻，行为邪恶，但他和南海这个子侄辈的孟章水侯极为投缘，因此当孟章考虑求援对象时，第一个想到的便是这位风神叔伯禺疆。

且不说这些南海君臣如何绞尽脑汁商议对策，再说少年张小言。

此时心思单纯的少年郎，还不知自己在南海神灵眼中，已成了无所不用其极的小人。

这晚明月东升之时，张小言正率领着千军万马，驰骋在南海大洋的万顷碧波之上。

这时节，距上回和无支祁那场凶险大战已过去了七八天。

这些天里，小言不仅自身的太华道力迅疾恢复，还受到四渎龙君的重用。云中君不仅让他统领原来的玄灵妖族各部，还将阳澄、曲阿、巴陵、彭泽四湖的湖兵拨给小言调度。

因此，现在跟在小言身后一同征战的各部首领，不仅有原来的妖族长老坤象等人，还加上了阳澄湖令应劭、曲阿湖主伯奇、巴陵湖神莱公以及彭泽少主楚怀玉等四名力量强大的水神。

"惭愧！倒不承想我也有今日。"

在这七八天里，小言统领着这些新部下在万里海疆上纵横奔驰，扫荡着南海外围的残余势力，但一直到今天，每次想到自己正跨在一头世间罕有的神兽战骑上，纵横四方，一呼百应，他还是觉得宛在梦中。

是啊，这一切前后都宛如梦幻，所有所有的一切，都从自己杀死无支祁那一刻起变得完全不同。

就如骄傲的彭泽少主，当初和自己是如何针锋相对，虽然道同却不相为谋，谁知，自己拼力打死那个恶神无支祁两天后，这位骄傲的水神少主便找上门来，在自己面前不顾仪容地痛哭一场，还发誓以后鞍前马后均听自己调度。

原来，自己杀死的无支祁，还是当年在四渎神主争夺战中，杀死彭泽老湖主叔度的凶手。这回彭泽倾尽全力帮助四渎征伐南海，一个重要原因就是为了给老湖主报仇。

现在，见那个神力渊深如海的上古恶神竟被小言亲手击败杀死，楚怀玉震惊之余，不免敬服得五体投地。

为了报答小言为自己爷爷报仇之恩，这位彭泽少主还将自己领地中那匹最神骏的龙驹，献给小言当坐骑。这匹龙驹，便是小言现在骑乘着在海浪上奔飘如风的神驹，号为风神。

楚怀玉所领的彭泽大湖盛产龙马，其中大多鬃毛雪白，四蹄如雪。这些优良龙马，大约每过百年，每千匹之中或可出二三匹极其神骏者，目若黄金，颈下生一圈朱红鬣毛。这种百年一遇的神驹，其名为吉量，据说乘骑者可得长寿。

在这些已经十分难得的吉量神马中，大约每过千年，又可出一两匹更为神骏的龙马，这便是騄駬。

一般只存在于传说中的騄駬马，金鬣银鬃，目如紫电，胁下更生一对雪白羽翅,名为浮天之翼,往来无际,穿梭如风。

这样的骕骦龙驹,业已通神,出神入化之时已与得道仙真无异,现在小言跨下的这匹龙驹,正是彭泽三百年前新出的一匹骕骦小马驹,取其骨骼清秀势如飘风之意,名之为风神。

对小言胯下这种传说中神出鬼没的龙马,有幸见到的异士仙灵曾赋辞赞叹,辞曰:

……养雄神于绮纹,寻之不见其终;蓄奔容于惟烛,迎之莫知其来。蕴腾云之锐影,戢追电之逸足。灵蹄雷踏,四方为之易位;巨翼空横,八维为之轮回。游聚则天地为一,消散则洞开六合!

跨着这样神异的骕骦风神驹,小言这几天在南海的海阔天空中真可谓瞬息千里,往来如风,实有万夫莫当之勇!

只不过,说起来有些尴尬的是,这样百战百捷无往不胜的战果,却基本不是靠着小言神勇或良驹神异得来。这一切,全拜敌对的南海所赐。

原来,自从小言发狠将无支祁打得魂飞魄散后,南海一方为了稳定军心,同时中伤四渎水军,便散出谣言,说无支祁将军一向神勇卓异,那日被张小言打败,全是因为中了这黄口小儿的奸计,说他暗地里施展某种邪异妖术,才侥幸将无支祁将军打败。

本来,散播出这样的谣言是为了诋毁敌军勇将的形象,谁知这些天里,传得沸沸扬扬的谣言却适得其反,起了相反作用。

这些天来,南海中那些还有一战之力的散兵游勇,一见到小言的旗号,不管他身后兵力如何,带了多少人神,脑子里蹦出的第一个念头便是:"哇!原来对面那少年就是用邪术杀死无支祁的邪神!"

也不用如何多想，稍一对比自己和无支祁将军的实力，即使是最愚蠢的水族战将也顿时拔腿便逃。基本上，小言只来得及望见对方的阵头，还没等奋勇上前，对面那些好不容易碰上的南海敌众便消失无形。

面对这样的局面，小言没法，只好绞尽脑汁在外貌装备上打主意，准备示敌以弱。

他身上原本整齐穿戴的四灵神甲，到现在已全部收起，放在后方大营中请灵漪儿保养。现在他只穿着寻常的青衿布衣，上面还打着几个往日雪宜亲手缝补的布丁，期望让对手见了觉得有可乘之机，上来跟他打一仗。

只是，不知何故，即便这样，那些对手还是望风逃窜。奔逃之时，南海兵将苍白的脸上还添了一丝恼怒，似是责怪敌手小看他们的智力。

鉴于这般情形，不仅小言苦恼，对手那方也意识到了这种宣传的不当之处。于是南海中又开始传布新的消息，说是那天无支祁将军身死，其实不过是应了天意定数。因为是定数，所以肯定在劫难逃，那天哪怕不是那个恶少，随便换个别人，也能将无支祁将军轻易杀害。

虽然这样努力补救，开头错误的谣言还是如长了翅膀般四处传播，以至于小言一到，就有如铁锤砸在棉花上，浑然着不了力道。

鉴于这种情况，云中君审时度势，下令小言汇集大队军马，傍晚出发向西驰援那支正攻打云阳洲的旋龟水族。

原来，四渎自前些日打败孟章大军发出宣战檄文后，对南海之中的水族都采取了怀柔策略，准备攻心为上。然而，南海十三洲最西端的云阳洲上盘踞的云阳树精十分死硬，不仅撕毁示好文书，还说誓死跟四渎龙军周旋。

鉴于这情况，为了解除攻打四海龙域的后顾之忧，大约三天前，云中君命新近赶来南海战场的旋龟水族进攻云阳洲。

发出这样的命令，云中君正是因材施用，鸟头鳖尾的旋龟族一向喜欢劈柴砍木头，正是木类精灵克星。

只不过饶是如此，云阳洲上的老树精根深蒂固，又受四周散居的南海水族救援，一时竟没攻下来。今晚小言出征，正是为了打破这样的僵局。

小言统领大军出战，军阵左翼为玄灵教各兽族战骑，右翼为彭泽、曲阿两部水军战骑，水下则是阳澄、巴陵两部的深水鱼灵战卒。

小言自己则会同云中君派来辅佐的谋臣罔象还有七位上清宫道长在当中策应。这回征伐，殷铁崖诸部禽灵另有其他任务，并没一同前来。

经过最近五六天的磨炼，本就聪颖博学的少年不知不觉中便有了几分统帅气象，诸般行军指令下得井井有条。大军一路前行时，担当斥候的海鹛鱼灵如流水般放出去，从海空两路侦察有无敌情。

小言的本部军阵，则每隔百里便停下来等待这些斥候回报。只有当听到前方丝毫没有异象时，大军才重新开拔，在深沉的夜色中朝西方无穷无尽的大洋次第进发。

这样步步为营，正是因为小言听云中君说，旋龟一部已将云阳洲团团围住，只是急切间难以攻下，等小言所领大军一到，敌洲自然会瓦解称降。因此小言便决定此番要小心行军，凡事以不出差错为上。

小言一边端坐马上踏波而行，一边在心中默默忖念："不管如何，既然我为报仇而来，又蒙龙君看重，现在又知南海水侯为何要占据鬼族圣地，则无论是为了私仇还是公仇，我也得勉力施为，充当好这个角色！"

像这样为自己打气鼓劲的念头，这些天里一直都在小言脑海里盘旋，从没断绝。毕竟，说到底他还只是个刚刚脱离市井不久的少年，从来没像今天这样独当一面主持大局过。

小言就这样统领众部卒，谨慎行军。一路行来，当跟在他身旁充作护卫小兵的琼容闲得都开始打哈欠时，对面海域上终于出现一丝异兆。

大约就在酉时之末,小言恰听得身旁琼容一声哈欠,偶然朝前眺望,这一望,前方大约二百里处那块方圆数十里的海堡礁岩便映入了眼帘。

"停!"

虽然之前接到的斥候回报说是平安无事,丝毫没有杀气,但小言一见到远处那些露出海面的峭壁礁岩,就本能地感觉到毛骨悚然。他立即勒住战马,举手喝停大军。

随着他一声令下,滚滚向前的大军猛然停止,霎时间军阵中所有战卒,几乎不约而同地攥紧手中兵刃,连大气也不敢出。

这时候,几乎所有阵列在前的前锋战士,都在朝前方那块堡礁仔细眺望。

此时天边的明月正从身后照来,洁白月辉遍洒在无垠海疆上。月光之中众人看得分明,前面那片堡礁群晦暗嶙峋,在海面上投下错落的阴影,将所在之处的海水遮掩得黝黯深沉,明显比周围海域暗上一大截。

想来英明神武的少年主帅喝令停止进军,一定是因为那个看上去就神秘诡谲的暗礁中潜伏着万般险恶的敌人。一想到那些伏兵连最机敏的斥候都骗过了,本就紧张的战卒不知不觉中又使劲攥了攥手中兵器。

一时间,莫大的军阵中万籁俱寂,只听得耳边海风依旧呼啸,海风将头顶上金钺黑旄的玄色战旗撕扯得猎猎作响。

就在这几乎要将人压迫得喘不过气来的静默之中,大约小半晌之后,主帅预料中的敌踪终于显现。

"咿……呜……"

敌踪出现,却几乎出乎所有人意料:在那些暗流涌动的堡礁群中,并没有蹿出三头六臂的凶恶神灵,反倒是悠然响起一阵柔美的歌音,逆着夜晚海洋的烈风传到耳中,十分动人。

"呵！"

娇柔的女声妖媚无俦，不过是刚一传到耳中，几乎所有的水灵妖族，哪怕是最稳重自持的积年老怪，瞬时全都咧嘴无声大笑。原本紧张的心神，刹那便放松下来，恍恍然若不能自持。

"唔，唱得不错，声音好听，也没走调……"

乐工出身的小言，脑海里头一个蹦出的却是这念头，只不过转瞬之后，他便觉察出古怪："咦？"

小言放眼望去，原本纪律严明的军卒，此刻不等自己命令，竟自行移动，无论左翼右翼，竟几乎同时朝前方那片诡谲莫测的海礁群中行去。

军卒涌动之后，再留意打量一下他们脸上，便发现那些原本骁勇善战的战士脸上，这时候全都是如痴如醉，就如同刚喝了几缸烈酒一样！

乍睹异状，小言不由愣怔。而此时，就在小言错愕的目光中，己方军阵中已有不少精通水性的前锋战士，懵懵然踏入那片幽暗晦明的水域之中，毫无反抗地被数百个突然旋起的漩涡拉入其中，齐顶而没，然后在海面留下几抹黯淡的血色。

"呀！原来是专以歌音惑人的人鱼海妖！"

心中刚闪过这个念头，那些先前从龙君口中得知的南海异类精灵人鱼海妖，便在小言惊异的目光中，从月光照不到的海礁背面冉冉升起。她们将自己绝美的人鱼身躯盘曲在礁岩之上，带着刚出水的朦胧水华银辉，在清幽的月华中放声歌唱。

逆风传播的海妖歌音，仿佛是人间天上最美妙最神圣的音乐，传到这些远征的战士耳中，霎时间犹如搅动一池春水，将他们心底里最美好的感觉唤起，铺天盖地，如浪潮涌。

前后只不过刹那工夫，高低错落的礁岩上出现了上百个人鱼美女，用自已与生俱来的魅惑魔音，齐声合唱，让方圆数十里之内的大军魂不守舍，心神俱丧，心甘情愿地朝那片坟墓般的漩涡暗礁进发，在甜美的幻觉中沉入冰冷的海水，直到被那些急速漩涡中锋锐的暗礁撕扯得粉碎！

但即使是这样，那些魅惑人心神心的海妖还嫌速度不够快，转眼之后，那群银辉氤氲的人鱼之中为首那个彩晖缭绕的人鱼女皇，又用世间最美妙的姿态冉冉站起，将身下鱼尾化作两只玉足，翩跹婉转，在海月光华中迎风起舞。

此时，不说那诱惑的歌音，不说那拨心意的歌舞，仅仅是人鱼女皇曼妙的丰姿，便足以让人瞬间失去所有理智！

这些还不够，随着海妖女皇翩翩起舞，更多的海妖也施施然地站起，鳍尾俱化作手足，边唱边舞，在清冷的月光中跳起最蛊惑人心的舞蹈。

一时间原本清凉皎洁的月华，也忽然变得有些迷离起来，那些呼号咆哮的海浪风涛，仿佛急速酿成一潭春水，在月色迷离的大海上充溢流淌。

"哼！"

在这样靡靡的氛围中，小言却是一声怒哼。此时这样的阵仗，难不倒智识过人的少年。只不过略一思忖，小言心中立时便有了主意。于是几乎在那些人鱼海妖刚一起舞之时，他便立即回头跟琼容叫道："蝙蝠长老何在？"

"在……喔！"

正看那些大姐姐唱歌跳舞看得入神的小姑娘，随口应答一声，便立即醒悟过来。接下来虽然琼容并没出声，但她那小嘴却或圆或扁，似乎正在朝军阵后方说话。

原来，小言见得眼前情景，立即想起玄灵妖族中那位不靠声音便能辨位的蝙蝠长老。念头一起，立时就请自己这位同样身具古怪异能的小妹妹传话，请蝙蝠长老赶紧带领族中勇士，升空到前方杀敌。

此令一下,片刻之后,随着破空杀去的黑翼铁甲蝙蝠飞临,那些手无寸铁的柔弱海妖霎时间便香消玉殒。对比前后情景,真个是玉臂雪肢,转眼破碎,好音媚颜,刹那成空。不到片刻,百余个拦路的人鱼妖族便全军覆灭!

目睹眼前惨烈的情状,小言虽然心中颇有触动,但嘴上仍冷冷喝道:"哼,小小伎俩,就想阻挡大军,真是不自量力!"

口出此言,原是小言心中不忍之余,记起云中君这几天中叮嘱得最多的一句话:"慈不掌兵,义不行贾。统军主帅乃三军之魂,遇敌千万不可示弱心软,否则,付出的就是血的代价!"

而现在他眼前发生的这一切,便是云中君这句话最恰当的明证。

看着那些从魔音中被解救出来的战士,在海涛中悲痛地呼唤刚才遇难伙伴的名字,小言便按捺下心底存留的那份不忍,神色刚毅,面无表情地传令:"所有军马,不得停留,速速绕过前面暗礁向云阳洲急行!"

一声喝令,轰声雷动,转眼间所有人神妖灵重新集结,将那片尸体狼藉的海堡暗礁抛在身后,继续朝远方寥廓无际的大洋行去。

经过刚才这场小小的战役,小言此刻神思俱肃,心无旁骛,只想着早些会同大军赶到云阳洲。

只是这一晚,注定不寻常。

他们刚绕过海妖暗礁,行出只不过四五十里地,小言便听得左翼军阵一阵骚动。转眼间就有几个狼兵熊将提着一人来到眼前,闹闹嚷嚷道:"抓到一个闯阵奸细!"

小言闻声看去,只见那被称作奸细的生灵,浑身浴血,面容褐黄,身后残存的一只翅翼歪斜搭挂,状极惨烈。而这生灵,被抛在四渎主帅马前,还没等马上之人问话,便拼尽全身气力,断续嘶声鸣道:

"我……不是奸细……我是银光洲的蜂人……水侯……水侯他要烧神

树……逼我们一起退守风暴洋……我们没长成的子女……还有那些蝶卵……咳咳！"

说到子女蝶卵，本已神志涣散的蜂灵，突然间似回光返照般振作起来，在海涛中努力支起身子，昂起头，对银色骏马上的小言一迭声恳求："求求你，大人求求你，救救我们的孩子！他们还小，离了神树活不了！只要再多几天，再多几天就可以了！他们巨灵火光兽一齐火烧，我们打不过！"

说到最后，垂死的蜂灵已是声嘶力竭，言语间也开始糊涂错乱，跳跃难懂。

只不过越是这样，附近众人听得越是惊心动魄。随着这几声竭尽全力的喊叫，这个为子女性命奋死突围的蜂灵父亲，已耗尽自己所有的生机，嗡然一声颓然倒下，死在小言马前的海涛之上。

"唉……"

蜂灵亡去时，圆睁的双目中倒映着的大军统帅，此刻却黯淡了原本紧绷的面容，叹息一声跳下马来，足踏烟波，对着他的遗体深深一揖，口中念起道门中的往生符咒。

在小言肃穆庄严的往生符咒声中，始终不肯沉没的躯体，终于被卷进了冰冷幽暗的海水。

目送遗体葬入大海，小言才抬头转过身来，对着身后长眉拂足、清羸佝偻的四渎谋臣说道："罔象前辈，请问此事有几分真实？"

"唔……"听得小言问话，那位一直宛如睡着的罔象老神，眉毛动了一动，沉默片刻后才拿双手向两边分开自己遮目的长眉，睁眼看着小言，说道："八分。"

"好！"

听得这个回答，小言再不迟疑，立即扬剑上马，向四方如雷喝道："银光、

流花二洲反了！我们这就折转东南！"

一言说罢,他便一马当先,催动胯下神驹长舒羽翼,霍霍浮空,正对着东南天边明月的方向飞去。飞天之时,还不忘回头跟海涛上空坐在那只朱雀火鸟背上的小姑娘叫道:"琼容,我们来比一比,看谁飞得快！"

"嗯！好呀——"

被迎面扑来的狂风吹得睁不开眼的小姑娘,半闭着眼眸应答了,便唏的一声,请身下火鸟振翅直追哥哥而去。

在小言、琼容身后那些正周转阵列的人神妖灵眼中,圆月清光中逆风飞翔的兄妹,正如一对搏击长空的雄鹰。

也许,此时就连仗剑浮空的小言自己都不知道,正是他这一跃,从此便揭开了波澜壮阔的南海神之战血与火的雄丽诗篇！

正是:

古往今来,谁见布衣曾拜将？

天长地久,人传沧海几扬尘！

图书在版编目(CIP)数据

四海为仙10：南海斗恶龙 / 管平潮著. —杭州：浙江文艺出版社，2021.8
ISBN 978-7-5339-6546-4

Ⅰ.①四… Ⅱ.①管… Ⅲ.①长篇小说—中国—当代 Ⅳ.①I247.5

中国版本图书馆CIP数据核字（2021）第120746号

选题策划	关俊红
责任编辑	张　雯
营销编辑	宋佳音
封面设计	仙境 WONDERLAND Book design
版式设计	吴　瑕
封面绘图	谭明-ming
内文绘图	南宫阁
责任印制	张丽敏

四海为仙10：南海斗恶龙

管平潮　著

出版	浙江文艺出版社
地址	杭州市体育场路347号
邮编	310006
电话	0571-85176953（总编办）
	0571-85152727（市场部）
制版	浙江新华图文制作有限公司
印刷	杭州杭新印务有限公司
开本	710毫米×1000毫米　1/16
字数	125千字
印张	9.75
插页	2
版次	2021年8月第1版
印次	2021年8月第1次印刷
书号	ISBN 978-7-5339-6546-4
定价	38.00元

版权所有　侵权必究
（如有印装质量问题，影响阅读，请与市场部联系调换）